Dominik Schütte

WAS
WÜRDE
DER
BOSS
TUN?

W0049405

Dominik Schütte

WAS WÜRDE DER **BOSS** TUN?

Roman

Piper München Zürich

Mehr über unsere Autoren und Bücher:
www.piper.de

ISBN: 978-3-492-05413-3
© Piper Verlag GmbH, München 2011
Satz: Kösel, Krugzell
Druck und Bindung: CPI, Clausen & Bosse, Leck
Printed in Germany

ONE, TWO, THREE, FOUR!

1. BORN IN THE USA

Der Boss und ich lernten uns Mitte der Achtziger in meinem Kinderzimmer kennen. Charlie hatte mir seinen Dual-Plattenspieler vererbt, weil er auf CD umgestiegen war. Und wie es unter Brüdern üblich ist, überließ er mir nur die Teile seiner Vinylsammlung, die er doppelt hatte oder für die er sich schämte. Huey Lewis & The News, Whitesnake, ZZ Top. Ein übler Mix.

Ich war irre stolz.

Zwischen Kraftwerk und einer Platte von UFO steckte *Born in the USA*. Noch verschweißt. Charlie leugnet bis heute, das Album je besessen zu haben. Wahrscheinlich sind wir deshalb so verschieden. Der Ältere hat seine einzige Platte von Bruce Springsteen nie ausgepackt, der Jüngere legte sie neugierig auf.

Ich zog die Hülle aus dem Stapel und blickte auf einen Jeanshintern vor der amerikanischen Flagge. Das Bild verwirrte mich. Trotzdem riss ich die Verpackung auf und setzte die Nadel auf die Rille. Direkt davor hatte ich *Eye of the Tiger* von Survivor gehört, das Fenster geöffnet, war ums Haus gegangen und hatte getestet, ob ich auch im Garten Musik hören könnte. Die Anlage war bis zum Anschlag aufgedreht.

Mein Leben veränderte sich Trommelschlag auf

Trommelschlag. Es blies mir die Haare nach hinten. Springsteen brüllte mich an, als hätte ich ihm sein Cappy geklaut. Ich sank zurück auf den blauen Teppichboden meines Kinderzimmers. In Sekunde 49 war es um mich geschehen. Da setzt die Gitarre ein. Es hatte mich umgehauen. Ich wusste: Den mag ich.

Kurze Zeit später lernte ich in der Schule, was passiert, wenn zwei Menschen sich kennenlernen. Frau Bestmann, meine Grundschullehrerin sagte, dass es etwa fünf Minuten dauere, bis man jemanden zuverlässig einschätzen könne. In den ersten Sekunden ordne man sein Gegenüber in ein grobes Raster ein: männlich/weiblich, alt/jung, interessant/langweilig. Da verstand ich endlich, was in meinem Kinderzimmer passiert war. Und erinnerte mich an meine Verwirrung und dachte: Kein Wunder. Auf dem Cover sieht man nur Springsteens Arsch. Da war nichts mit Einordnung, nicht mal einer groben. Und dieser Arsch schrie mich aus voller Seele an: *Born down in a dead man's town. The first kick I took was when I hit the ground. End up like a dog that's been beat to much. Until you spend half your life just covering up.*

Es öffnete sich eine neue Welt für mich. In gerade mal vier Minuten und 39 Sekunden. *Born in the USA,* vom ersten bis zum letzten Moment.

Doch ich war hilflos. Born in the BRD. Und meinem Bruder konnte ich mit Springsteen nicht kommen. Er spielte in einer Hardrock-Band, sie nannten sich »Jigsaw«, und er besaß eine pinke Gitarre, die Metal-Stratocaster. Die ließ er schreien wie eine Katze, der man den Schwanz anzündet. Dabei verzerrte er sein Gesicht, als würde er gebären.

»Springsteen spielt eine Telecaster«, meinte Charlie abfällig. Er wedelte mit einer *Bravo* vor meiner Nase herum, die Bruce auf dem Titelblatt zeigte: »Nur schwule Cowboys spielen Telecaster.«

»Echt?«

»Das ist doch kein Rock, was der macht«, sagte Charlie.

»Was denn sonst?«

»Walzer.« Seine Verachtung stand kurz im Raum. »Ehrlich, da kannst du gleich Meat Loaf hören.«

»Was ist Miet Loof?«

»Oh Mann!«, Charlie schlug sich mit der Hand an die Stirn.

Er ist vier Jahre älter – logisch fühlte er sich damals als Chef unter uns Brüdern. Umso wichtiger war für mich, dass nun der Boss bei uns beiden einzog.

Charlie und ich führten einen Stellungskrieg im Haus. Er klebte Haare zwischen Tür und Rahmen, um nachzuweisen, dass ich regelmäßig sein Zimmer betrat. Gut, tat ich ja auch. Unter dem Bett hielt Charlie eine beeindruckende *Playboy*-Sammlung versteckt. Doch es blieb nicht ungestraft. Charlie hustete auf sein Essen, damit ich es nicht anrührte. Und wenn er selber nicht ganz aufaß, versteckte er die Reste in den tiefsten Ecken meines Zimmers. Dann maulte er, dass es bei mir stinke wie im Puff. Dabei wusste ich nicht mal, was das ist: *Puff.*

Bruce befreite mich, nein, mehr noch. Er rettete unsere Bruderliebe. Ich sparte jeden Pfennig und kaufte mir alle seine Platten. Sogar die ersten zwei Alben, die kaum jemand kannte. Viele wissen nicht einmal, dass Springsteen vor *Born in the USA* überhaupt Musik veröffentlicht hat. *Born to Run* kennen noch ein paar Leute. Aber jeder, wirklich jeder kennt *Born in the USA*. Soweit ich weiß, hat sich außer *Thriller* in den Achtzigern kein anderes Album so häufig verkauft. Für mich war das ein Grund, eine Weile sauer zu sein auf diese Platte. Sie hat Springsteens Ruf ruiniert. Egal wo ich hinkam und sagte, dass ich den Boss toll finde, hörte ich nur: »Und, wo ist dein Stirnband, du Prolet?« Alle, die ihm nicht zuhörten – und keiner hört bei Songtexten wirklich zu –, hielten Springsteen für Ronald Reagans und Rambos Musiklieferanten. Für einen Idioten also. Und damit irgendwie auch mich. Die Guten, diejenigen, die ich auf meiner Seite haben wollte, die fanden mich bescheuert wegen dieser Heldenverehrung. Bis heute hat sich daran nichts Grundlegendes geändert – außer, dass es mir inzwischen egal ist.

Heute habe ich eine Ohrenspülung hinter mir. Tage, die mit einer Ohrenspülung beginnen, sind gute Tage. Bei dieser Prozedur drückt ein Arzt eine Art Duschkopf auf die Ohrmuschel des Patienten und schickt einen lauwarmen Wasserstrahl auf die Reise. Diese Behandlung muss ich in regelmäßigen Abständen vornehmen lassen, seit ich mir das linke Trommelfell auf einem Rockkonzert verdorben habe.

U2. Eine gerechte Strafe.

Jedenfalls: Ein HNO, der es richtig draufhat, der einen Patienten derart intensiv an einer Stelle kratzt, die dieser sonst nie im Leben erreichen würde, bewegt sich für mich auf einer Stufe mit einem Violinisten. Ich rate jedem, sich mal die Ohren ausspülen zu lassen.

So fühlt sich mein Hirn gereinigt an, und mein Geist

ist erfrischt, als Ben an diesem Freitagabend vorbeikommt. Ben und ich rauchen schlechtes Gras, trinken zu viel Bier und hören alte Springsteen-Platten. Es läuft jedes Mal so. Der Boss ist auch so einer, der mich an Stellen kratzt, an die ich sonst nicht herankomme. Und Ben ist der Einzige, der meine bedingungslose Liebe für Bruce Springsteen nicht nur versteht, sondern sogar teilt.

Dieser Freitagabend mit Ben würde also werden wie jeder andere Freitagabend mit Ben. Wie soll ich Abende mit Ben unterscheiden? Sie tragen keine Fähnchen wie E-Mails, deren Absender darauf bestehen, dass man sie sofort lesen soll. Wir sitzen in meinem verrauchten Wohnzimmer. Es ist spät, so spät, dass uns die Papers ausgehen. Wer mit über dreißig noch kifft, überlässt eigentlich nichts dem Zufall.

Ben und ich, da passt wenig zwischen. Wir rauchten zusammen die erste Zigarette und wurden von Bens Vater dabei erwischt. Er griff zielsicher in Bens Jackentasche, holte die Schachtel heraus und schmierte ihm eine. Wir gründeten eine Band in dem Rattenloch unseres Schulkellers und schliefen mit denselben Frauen – er sogar mit einer dort unten im Keller. Rock 'n' Roll, fanden wir. Später unternahmen wir gemeinsam Roadtrips ans andere Ende der Welt, wo wir in reißenden Bächen schwammen und an Lagerfeuern saßen.

Ben hat sein Manuskript mitgebracht. Er schreibt an seinem ersten Theaterstück, und er schreibt es von hinten. So, wie er auch Zeitschriften liest. Deshalb ist die Schlussszene das Erste, was ich von seinem Stück höre.

Er räuspert sich: »Dann die finale Regieanweisung:

Müller steht über Lottas leblosem Körper. Das Blut strömt aus den Schnittwunden an seinen Handgelenken und vermischt sich mit dem Sommerregen. Er sackt zur Seite und fällt lautlos ins hohe Gras. Lotta schlägt die Augen auf.«

Ben macht eine bedeutungsvolle Pause. *Vorhang.* Er klappt seinen schwarzen Schreibblock zu und steigt von der Bühne, meinem alten Fifties-Sideboard, das an der langen Wand meines Wohnzimmers steht. Er geht ein paar Schritte über das knarrende Parkett und legt das Manuskript vor mich auf den Couchtisch. Ich lehne mich vor und lese, was er mit Füller auf das Etikett des Blocks geschrieben hat:

Nach der Liebe
(Arbeitstitel)
Eine Tragödie in drei Akten
Von Ben Stadler

Dann schaue ich auf. Die hohe Decke und der Stuck umrahmen Bens Gesicht. Von hier unten betrachtet, kann ich ihn mir als Regisseur sogar vorstellen. Vielleicht liegt das aber auch am Gras.

»Und?«, fragt er. »Was sagst du?«

Ich lehne mich wieder zurück und werfe das Manuskript auf den Tisch. »Wie willst du das mit dem Regen machen? Technisch, mein ich. Geht das überhaupt im Theater?«

»Das ist doch überhaupt nicht der Punkt!«

»Nein, ich mag's«, sage ich. »Wirklich. Ein bisschen wie *Faust* meets *Romeo und Julia*.«

Das wollte er jetzt auch nicht hören.

»Ich bin hier nicht der Theaterexperte. Ich verkaufe T-Shirts, okay?«

Ben schweigt kurz. »Scheiß Modefuzzi.«

»Sag mal, warst du inzwischen mal beim Arzt wegen deines Tourette-Syndroms?«

»Entschuldige.«

Ich schaue beleidigt an die Decke: »Spasti.«

Ben war gerade im elften Semester Soziologie, als er abends bei mir saß und verkündete, dass er seine wahre Berufung gefunden habe: Die Theaterwissenschaft. Seitdem arbeitet er an der kleinen Bühne im Park und überlegt abends an seinem Stück herum. Manchmal sucht er per E-Mail Rat bei meinem Bruder, der schon einige Abhandlungen über große Werke verfasst hat. Das ganze Theaterding mag ein weiterer Irrweg sein, aber zumindest passt er besser zu ihm. Ben gewann sein Lachen zurück, bei dem man ganz viel fröhliches Zahnfleisch sieht.

Bis dahin neigte Ben zum Aufgeben. Die Sache mit der Konstanz sei einfach nicht so sein Ding, behauptet er gerne. Da draußen gäbe es zu viel, was auszuprobieren sei. Klar, recht hat er, aber im Laufe der Jahre hatte ich mich im Gegensatz zu ihm doch für ein paar Sachen entschieden. Für den Job zum Beispiel. Außerdem bin ich aus unserer gemeinsamen WG ausgezogen, in der es tagelang nach Fisch stank, wenn wir Forellen in die Pfanne gehauen hatten. Jetzt lebe ich in einer etwas größeren Wohnung, und obwohl ich mir eine silberne Dunstabzugshaube gekauft habe, stinkt es immer noch nach Fisch.

Seit wir uns kennen, hat sich die Welt verändert. Ronald Reagans zweite Amtszeit ging zu Ende, Kurt

Cobain blies sich den Schädel weg, und sogar Helmut Kohl war irgendwann nicht mehr Bundeskanzler. Einer aber blieb: der Boss. Genau genommen führen Ben und ich mit Bruce Springsteen eine ziemlich stabile Beziehung.

»Soll Lotta blond sein oder brünett?«, fragt Ben und notiert sich meine Antworten.

»Blond natürlich«, sage ich.

»Stellst du dir Müller eher kahl vor? Oder hat er volles Haar?«

»Vielleicht solltest du das Stück von vorne schreiben und dir solche Sachen vorher überlegen?«, ich schiele auf den Laptop.

»Scheiße, du bist überhaupt nicht bei der Sache.«

»Tut mir leid. Tourdaten. Weißt schon.«

»Heute?«

»Heute.«

»Na, dann schau schon nach.« Ben wirft sich aufs Sofa. »Bist du sicher, dass es heute ist?«

»Ganz sicher.«

Tagelang schon kursiert in Internetforen das Gerücht, dass Bruce Springsteen seine Welttournee verlängern wird. Schon länger als ein Jahr war der Boss mit seiner E Street Band unterwegs, und weil ein paar der Musiker inzwischen aussehen wie Penner bei der Armenspeisung, machen wir uns Sorgen, die letzte Show zu verpassen.

»Eigentlich jämmerlich«, sagt Ben. »Es ist Freitagnacht. Wir sollten da draußen sein und was erleben. Stattdessen verbringen wir unsere Wochenenden wie alte Säcke.«

»Da draußen gibt es nichts zu erleben«, erwidere ich.

»Wir wohnen seit zwölf Jahren in München. Diese Stadt ist leer erlebt. Und Mann, entspann dich.«

»Ich bin entspannt.«

»Dann hör auf mit deinem Bein zu wackeln und hol lieber noch 'n Bier.«

Ben bricht widerwillig auf. Zwischen dem Aschenbecher, einer Bierlache und der Flasche Jameson steht mein Laptop. Ich klicke auf den Refresh-Button. Springsteens Homepage lädt von Neuem.

Keine Änderung.

»Wer weiß, wie oft er noch auf Tour geht«, rufe ich.

»Mit der Drohung, dass das jetzt garantiert die letzte Tour wird, finanzieren sich die Rolling Stones seit dreißig Jahren«, antwortet Ben aus der Küche. »Wir sind schon so bescheuert wie die Fans von Mick Jagger«, sagt er und stellt vier Flaschen vor mir ab.

Ich sehe ihn fragend an.

»Zwei sind doch sowieso gleich leer.«

Als ich erneut klicke, friert der Bildschirm ein. »Es tut sich was.« Ich packe ihn am Ärmel. »Es tut sich was!« Ben lässt sich von mir aufs Sofa ziehen, er klickt seinerseits. Die Seite lädt, und die Liste an Städten ist nun beinahe doppelt so lang.

»Ich glaub's nicht«, sagt Ben nachdem er ein zweites Mal die Liste überflogen hat. »Alles in den USA. Noch mal nach Europa zu kommen, hat er nicht nötig, oder wie?« Ben steht auf und schleudert seinen Pullover gegen die Wand.

»Biblischer Zorn«, ich nicke anerkennend.

»Ich hab ihn auch nicht zwei Mal gesehen auf dieser Tour.«

»Was kann ich dafür, dass du dir kein Zugticket nach Mannheim leisten kannst?«

»Verfickte Scheiße.«

»Tourette.«

»'Tschuldigung.«

»Okay, hör zu, Benni. Lass uns nach New York fahren.« Ich vergewissere mich auf dem Bildschirm. »Madison Square Garden. Das wird legendär.«

»Nee.«

»Ich streck dir den Flug vor.«

»Nee.«

»Komm schon. Wenn wir nach New York fahren, spielt er bestimmt *Thunder Road*.«

Ben und ich hatten mehr als zwanzig Konzerte besucht, aber der Boss hat kein einziges Mal *Thunder Road* gespielt – unseren absoluten Lieblingssong. Über den Typen, der sein Mädchen abholt und rausfährt aus der Stadt, einem besseren Leben entgegen. Den Song spielt er einfach nicht, wenn wir im Publikum stehen. Es ist wie verhext. Als würde Paul McCartney *Hey Jude* weglassen.

»Nee, echt, geht nicht.«

»Hör zu, du bist jetzt schon seit Monaten nicht mehr zusammen mit dieser Dings.«

»Yvonne.«

Bens Beziehungen gehen zu schnell zu Ende, als dass sich jemand die Namen seiner Freundinnen merken könnte.

»Yvonne. Ben, du bist mein bester Freund, du hast die verdammte moralische Verpflichtung, mit mir nach New York zu kommen. Ich ruf gleich bei Charlie an, wir können bestimmt bei ihm wohnen. Der nimmt dich dann noch mit an die Uni und stellt dich als gefeierten Jungautoren vor. Und dann machst du ein *Jersey Girl* klar. Die Deutschstudentinnen …

»Ja?«

»… die stehen total auf Deutsche.«

»Echt?«

»Warum sollten die das sonst studieren?«

»Ich kann aber nicht«, sagt Ben und schüttelt vehement den Kopf.

»Benni, Benni, Benni, Benni, Benni …« Ich stupse ihn Dutzende Male mit meiner Faust.

»Welchen Teil von *Nein* verstehst du nicht?«

»Ach, Scheiße, verdammt. Komm doch einfach mit.«

»Jetzt hast aber du das Tourette-Syndrom.«

»'Tschuldigung.«

»Was bist du denn so aggressiv, Mann?«

Ich blicke zu Boden. »Ich muss einfach mal raus. Ich will, ach, was weiß ich. Und wofür arbeiten wir denn den ganzen Tag?«

Jetzt wird Ben laut: »Ich mache ein Praktikum am Theater. Das ist keine Arbeit, das ist Kultursklaverei! Und tu du bitte nicht so, als müsstest du nicht zuerst mit Anna sprechen.«

Anna. Meine große Liebe, die leider nicht meine Liebe zu Bruce Springsteen teilt. Wir hören viel Musik, Anna und ich. Gut, dieser Satz könnte auch lauten, wir hören viel Bruce Springsteen, Anna und ich. Wir hören ihn im Auto, wir hören ihn im Bad, und wenn ich im Wohnzimmer Gitarre spiele, dann im Zweifel auch etwas vom Boss. Anna ist hart im Nehmen, aber manchmal hat sie die Schnauze voll von Bruce und dieser Band und den stressigen Rock-Schlachten. Nicht dass Missverständnisse aufkommen: Anna hört nicht Phil Collins oder so. Sie steht auf Singer-Songwriter, wenn auch auf eher verhuschte Jungs, nicht auf Arbeiterhelden. Erst neulich habe ich versucht, ihr beim Zähneputzen zu erklären, dass Ben Kweller genau die gleiche Musik macht wie Bruce – nur leiser und schlechter. Sie zog einfach nur den Duschvorhang zu. Ich unterteile unsere Beziehung in Boss-Zeit und Nicht-Boss-Zeit. Und gerade ist eindeutig Nicht-Boss-Zeit. Heute Morgen rief Anna bei mir im Büro an, als ich gerade bei Youtube eine alte Aufnahme von *Born to Run* gefunden hatte.

»Geht das deinen Kollegen nicht langsam auf die Nerven?«

»Wart mal … gehe ich euch auf den Sack mit Springsteen?«, rief ich und hielt den Telefonhörer in die Runde.

»Nicht mehr als Kim Jong-il«, antwortete meine Kollegin Lena laut genug, damit Anna es hören konnte.

»Da hast du's«, sagte ich.

»Oh Mann.«

»Anna, du solltest vorsichtig sein. Ich hab heute eine Zeitungsmeldung gelesen: In Australien hat eine Frau ihren Freund getötet, weil der partout keine Springsteen-Platten mit ihr hören wollte.«

»Mit welchen Liedern hat sie seinen Schädel denn zum Explodieren gebracht?«

Ben geht zur Stereoanlage, lässt sich in den braunen Drehledersessel fallen und kramt im Plattenregal. Sein

Ramones-Shirt spannt inzwischen ein wenig, und in sein rabenschwarzes Haar mischen sich graue Strähnen. Wir hatten vor zwei Jahren unseren Dreißigsten zusammen gefeiert, und als bräuchte es einen Beweis dafür, dass mit diesem Tag eine Ära endet, waren wir seitdem kein einziges Mal abgestürzt. Früher wussten wir morgens oft nicht mehr, wie wir heißen.

»Ich könnte übrigens mal einen Packen Ramones-Shirts in deiner Größe drucken lassen. Du bist kein M mehr.«

»Brauchst den Umsatz, was?«

»Martin und Martin fehlen jedenfalls, das kann ich dir sagen.« Martin Trenk und Martin Zeus, die Gründer meiner kleinen Firma, hatten sich ausbezahlen lassen und die meisten Rechte an einen Konzern abgetreten. Ihren langjährigen Produktdesigner – mich also – haben sie zurückgelassen. Nun darf ich das fränkische Großkapital von T-Shirt-Designs überzeugen. Das ist, als müsste man der Queen erklären, dass die Sache mit der Monarchie nicht mehr ganz zeitgemäß sei.

»Läuft's immer noch so beschissen mit dem neuen Chef?«

»Es gibt ja auch noch andere Sachen im Leben als den Job«, sage ich und lächle müde. Ich bin tatsächlich: müde.

»Wo ist Anna eigentlich?«

»Bei Ralf.«

»Oh«, Ben steckt sich einen Finger in den Hals. »Aber läuft's gut bei euch?«

»Ja, läuft super.«

Wir nicken ein paar Sekunden lang vor uns hin.

»Seid ihr auf Lenas Hochzeit eingeladen?«

»Klar.«

»Wie, *klar*? Mich hat sie nicht eingeladen.«

»Ben, du gräbst seit fünf Jahren an Lena herum. Und seit fünf Jahren ist sie mit ihrem zukünftigen Ehemann zusammen. Warum zum Geier sollte sie dich einladen? Damit du der Typ bist, der bei der Trauung aufspringt, sobald der Pfarrer fragt, ob irgendjemand Einwände hat?«

Wir tauschen einen Blick aus, der deutlich macht, wie gut uns diese Vorstellung gefällt.

»Und wann heiraten Anna und du?«

»Ich hab Zeit, das weißt du doch.«

»Warum eigentlich nicht jetzt? Machen doch alle gerade«, fragt Ben und krümelt viel zu viel Gras in den Tabak.

»Was bist du denn plötzlich so hartnäckig? Und bau nicht so 'ne Bombe.«

»Weil ich auf deiner Hochzeit feiern will.«

»Ich soll heiraten, damit du dich betrinken kannst?«

»Ich würde Champagnerflaschen mit dem Säbel köpfen.«

»Heiraten kann ich, wenn ich alt bin. Weiß du noch, der alte Western? In dem Robert Mitchum zu seinem Elternhaus zurückkehrt und diesen alten Mann dort vorfindet.«

»Was sagt Mitchum noch: *Ist aber einsam hier.*«

»Und der Alte antwortet: *Wenigstens bin ich nicht verheiratet, da ist man auch immer einsam, aber dafür nie allein.*«

Ben verkneift sich ein Lachen: »Mein Lieber, das Leben ist kein Western und auch kein Rocksong.« Ben wirkt nun wie ein betrunkener Psychotherapeut. Er auf dem Sessel, ich auf der Couch. »All die Mädels, die heiraten, löchern Anna bestimmt, wann es bei euch soweit ist.«

»Ist mir doch egal.«

»Aha.«

»Was diese Zicken fragen, ist mir vollkommen wurst. Anna und ich machen das anders. Wenn ich Lust habe, mit sechzig im Hasenkostüm zu heiraten, dann mach ich das.«

»Ach, Tom …«

Ich muss ja zugeben: Oft hab ich darüber nachgedacht. Und ich glaube auch, dass Anna sich riesig freuen würde, wenn ich sie frage. Obwohl sie es noch nie ausgesprochen hat. Oder habe ich es nur nicht verstanden? Manchmal kapiere ich die einfachsten Signale nicht.

»Ich werde dich jedenfalls nicht fragen«, hat sie mal gesagt.

Aber man fragt doch auch nicht deshalb, damit sich der andere freut. Scheiße. Irgendwie konnte mir noch niemand schlüssig erklären, was das soll: heiraten. Und weder Bens noch meine Familiengeschichte sind besonders grandiose Beispiele dafür, dass eine Hochzeit zu ewigem, ungebrochenen Glück führen würde.

»Anna und ich müssten sowieso erst mal zusammenziehen.«

»Und, macht ihr's?«

»Was jetzt?«

»Zusammenziehen.«

»Ben, lass mich in Ruhe.«

»Es ist nicht mein Scheißjob, dich in Ruhe zu lassen.«

»Was würdest du denn an meiner Stelle machen?«

»Ich?« Er lässt sich wieder in den Sessel fallen. »Ich bin zweiunddreißig und mache ein Praktikum. Die Entscheidung kann ich dir nicht abnehmen.«

»Aber vielleicht könntest du dich wenigstens mal für eine Platte entscheiden?«

Er legt die zweite Seite meiner alten *Born in the USA* auf. Knisternd setzt *No Surrender* ein. Wie oft habe ich diesen Song gehört. Nicht aufgeben – der beste Ratschlag, den man kriegen kann.

»Was würde der Boss tun, Ben?«

»Was Anna betrifft?«

Ich nicke. »Und das Leben, verflucht.«

»Das musst du ihn schon selber fragen.«

Ben dreht die Anlage auf. Die Gitarren schneiden durch die verrauchte Luft. Morgen früh wird sich der alte Herr Müller ein Stockwerk tiefer wieder mit Wagners *Walküre* rächen. Aber das spielt jetzt keine Rolle. Außerdem gefällt mir Bens Idee. Bislang ist auf Springsteen immer Verlass gewesen. Er war ein Fixpunkt, an dem wir uns orientierten, wie zwei Trapper, die dem Nordstern folgen. Er setzte die Maßstäbe. Wir wollten einen Boss wie den Boss, aber am liebsten selbst der Boss sein. Wir wollten unsere Freundschaft pflegen, so wie wir es uns bei Bruce und seinen Jungs vorstellen. Wir wollten auf Frauen wirken wie der Boss, und nicht zuletzt würden wir gerne Millionäre werden wie der Boss. Wie wir das anstellen sollten, war uns zwar nicht klar, aber wir hatten einen Anfang gemacht. Ben und ich hatten vor Urzeiten auf dem Flohmarkt einen alten

Karteikasten gekauft, in dem wir die Weisheiten sammelten, die uns Bruce mit auf den Weg gab. Langfristig wollten wir damit erreichen, dass Bruce der Konfuzius der westlichen Welt wird. Mit universellen Anweisungen für jede Lebenslage. Erst am Wochenende hatten wir die bisher letzte Karte einsortiert: *Nimm niemals ein Angebot an, wenn du ein blödes Gefühl dabei hast. (Video zu I'm on Fire)*

Auf anderen Karten haben wir Sätze vermerkt wie:

Wenn jemand nicht mehr mit dir redet,
dann schreib ihm ein Lied.
(Bobby Jean)
Von einem drei Minuten langen Song
kann man mehr lernen als in der gesamten Schulzeit.
(No Surrender)
Erst fragen, dann schießen.
(Lonesome Day)
Wenn dich ein Mädchen küssen will,
dann lass es geschehen.
(Rosalita, live im Hammersmith Odeon)
Hart bleiben, hungrig bleiben, überleben.
(This Hard Land)
Wenn einen alles ankotzt: einfach abhauen.
(Born to Run, Atlantic City, Badlands,
Thunder Road, etc …)
Wenn die Richtige vorbeikommt,
dann wirst du es merken.
(She's the One)
Unbedingt mal zu einer Frau sagen: »Hey, ich bin's,
und ich will nur dich!«
(Thunder Road)

Ich mag diesen Kasten, und an manchen Abenden, wenn ich nicht recht weiß, wie ich mich am nächsten Morgen entscheiden soll, blättere ich darin. Aber Bruce persönlich um Rat bitten … Seinen großen Helden zu treffen, kann ernüchternd sein. Ich stand mal in der ersten Reihe beim Konzert und bekam Springsteens Wade zu fassen. Der Mann ist verdammt klein. Ich bin ziemlich groß, muss man dazusagen, also sind viele Leute relativ klein im Vergleich. Aber so klein? Vielleicht sollte diese Begegnung einstweilen reichen. Worüber sollte ich auch mit ihm reden? Irgend so ein Geschwafel wie in diesen Magazinen wäre belanglos, reine Zeitverschwendung. Aber was, wenn ich mit einem echten Anliegen zu ihm käme? Wenn ich ihn ernsthaft um Rat bitten würde? Der Mann hat doch zwei Mal geheiratet. Dafür muss er Gründe gehabt haben. Er hätte mit diesen Frauen ja auch einfach in einem seiner Rock 'n' Roll-Häuser leben und unverheiratet alt werden können.

Vielleicht frage ich ihn wirklich.

Wer soll mir sonst den Weg weisen?

Ben? Der muss sich erst mal selbst lieben lernen.

Mein Bruder Charlie? Hat eine hässliche Scheidung hinter sich.

Und meine Mutter und mein Vater, sie mussten damals heiraten. Sonst wären meine Großeltern wegen Kuppelei vor Gericht gezerrt worden.

Heute existieren solche Paragrafen nicht mehr, dennoch heiraten die Leute, als würde ich in Las Vegas neben einer Drive-in-Kirche leben. Anna und ich waren diesen Sommer auf sieben Hochzeiten eingeladen. Das heißt, sieben Mal klingelte mein Telefon und irgendein Trauzeuge fragte, ob ich nicht lustige T-Shirts für den Junggesellenabschied drucken könnte. Sei doch sicher kein Problem. Und ich Idiot sagte dann auch: »Nö, kein Problem.«

»Super, das geht dann bestimmt kostenlos, oder?«

Das Grauen. Das Grauen.

»Hmh, was würde der Boss tun?«, murmelt Ben und lässt die Frage durch seinen Mund rollen wie einen Drops. Mein Handy wandert vibrierend Richtung Bierlache. Anna schreibt: *Sitze schon im Taxi, freu mich, A.*

»Anna ist gleich hier.«

Ben dreht leiser. »Soll ich los?«

»Nö, keine Hektik, bleib doch noch. Beziehungsweise ...« Ich nehme mein Handy und schreibe zurück: *Bin auch gleich da. T.*

»Und?«, fragt Ben.

»Okay. Hau ab.«

Ich schließe die Tür hinter ihm und stelle mich ans Fenster. Als Ben ums Eck ist, hält ein Taxi. Anna steigt aus und winkt dem Fahrer noch mal zu. Taxifahrer verlieben sich in Anna, ausnahmslos. Sogar schwule Taxifahrer. Ich werfe mich hinter das Sofa. Staubmäuse kitzeln in meiner Nase. Sie steckt den Schlüssel in die Tür.

»Hallo?«

Ich kann hören, wie sie ihren Schal auszieht und an einen Garderobenhaken hängt.

»Bist du schon da?«

Ich rühre mich nicht.

»Hallo?« Anna klingt misstrauisch. Sie geht ein Stück den Gang hinunter. Ich höre, wie sie im Bad den

Duschvorhang aufreißt, weil sie mich dahinter vermutet. Dann steuert sie wieder Richtung Wohnzimmer. Unter dem Sofa hindurch sehe ich ihre Schuhe. Schwarze, hochhackige Pumps. Ihre Besten. Anna wollte sie eigentlich zurückschicken, hatte aber beim Probelaufen die goldenen Sohlen zerkratzt. Mich hat das gefreut. Ich mag eigentlich alle Klamotten an ihr. Manchmal bleibe ich einfach im Bett liegen und beobachte sie, während sie sich anzieht. Sie tut dann immer so, als merke sie nichts. Am besten gefällt es mir, wenn sie ganz schlichte Sachen anzieht. Sie hat Dutzende Jeans und ein paar Oberteile, die auch die Mädchen in alten amerikanischen Filmen tragen könnten. Sie sieht dann ein bisschen so aus, wie ich mir die Mädchen aus den Springsteen-Songs vorstelle. Selbst wenn das nur ein Streich sein sollte, den mir mein Gehirn spielt: Sie ist mein *Jersey Girl*.

Leise setzt sie einen Schritt vor den nächsten. Schließlich bleibt sie vor dem Sofa stehen. Ihr Trenchcoat fällt zu Boden. Sie streift ihre Pumps ab, kratzt sich mit dem einen Fuß die große Zehe des anderen und fährt den Computer hoch. Vor eineinhalb Jahren hatte ich ihr das Passwort gegeben. Vor einem halben Jahr meinen Zweitschlüssel. Das waren große Schritte für mich.

Als Anna wieder aufsteht, greife ich an. Ich springe hinter der Couch hervor, halte meine Handkanten schräg vors Gesicht und brülle aus vollem Leib: »KATO! KATO! KATO!«

Anna erschrickt, doch unser Training greift. Ihr Kampfschrei sitzt, ihr Kick in meinen Bauch auch. Ich falle vornüber, rolle mich über das Sofa ab und stoße gegen den Tisch. Zwei Bierflaschen knallen auf den Boden.

»KATO!« Anna wirft ihren Trenchcoat über mich und wetzt los. Ich rappele mich auf, rutsche auf dem Parkett durchs Wohnzimmer und knalle gegen den Türrahmen. »Jetzt bist du dran«, rufe ich.

Anna läuft schreiend den Gang hinunter Richtung Schlafzimmer. Ihr blondes Haar schaukelt von links nach rechts. Abrupt bleibt sie stehen. Ich versuche auszuweichen, pralle gegen ihren Hüftknochen, renne aber weiter, hebe ab, drehe mich in der Luft und lande auf dem Rücken im Bett. Anna springt hinterher, drückt meine Arme gegen die Matratze und küsst mich. »Boah, hast du eine Fahne.« Sie verzieht das Gesicht.

»Hallo Inspektor«, sage ich.

»Hallo Kato.«

»Du kannst froh sein«, ich umfasse ihren schlanken Hals, »dass ich nicht das Samurai-Schwert raushole und dich hier und jetzt enthaupte.«

Ich küsse sie, doch sie windet sich aus meiner Umarmung und geht ins Bad. Ich schalte die Musik ein und drehe *Dancing in the Dark* auf. In Unterhose tanze ich auf dem Bett, als Anna zurück ins Schlafzimmer kommt. »Oh bitte«, sagt sie und verdreht theatralisch die Augen. Ich schnippe mit beiden Händen und werfe sie von links nach rechts, genau wie Bruce in den Achtzigern. Er konnte auch nicht tanzen, aber alle Mädchen standen auf seinen Hintern. Im Video streckt Bruce seinen Arm ins Publikum, woraufhin die damals noch unbekannte Courtney Cox zu ihm auf die Bühne springt und in seinen seltsamen Tanzstil einstimmt. Ich strecke meinen Arm aus, doch Anna guckt vollkommen unbeeindruckt. »Okay, ganz wichtig«, sage ich. »Irgendwann werde ich noch mal den Arm so ausstrecken wie jetzt. Dann solltest du lieber zupacken.« Es klingt ein wenig ernster, als ich es gemeint habe.

»Ist notiert. Ich habe auch noch was Wichtiges: Wenn du mit mir schlafen willst, solltest du aufhören zu tanzen und was für deinen Atem tun.«

Innerhalb von Sekunden stehe ich im Bad und putze manisch meine Zähne.

Wie schnell Anna einschläft. Wir sind nun seit mehr als zwei Jahren zusammen, aber es überrascht mich noch immer. Unsere Begegnung war bisher ganz ähnlich verlaufen wie dieser Abend. Wie eine Karambolage. Wir hatten uns hoffnungslos verkeilt und gar nicht erst versucht, uns wieder zu entwirren.

Sie schnauft leise, während ich neben ihr sitze und zu ihr hinuntergucke. Diesen Moment hier würde ich gerne in Formaldehyd konservieren, in ein Einmachglas stecken, um ihn an einem miesen Tag rausholen zu können.

Alles ist gut eigentlich. Ich liebe diese Frau, ich liebe meine Freunde, ich liebe Bruce Springsteen. Viel mehr brauche ich gar nicht. Das Leben ist ein Stahlträger, ganz weit oben, und eigentlich könnte ich die Aussicht genießen. In meinem Kopf jedoch rast es, und ich kann nichts dagegen tun. Leise nehme ich mein Handy zur Hand und öffne die Kalenderfunktion. Noch vier Tage und elf Stunden. Anna dreht sich um und schnauft. Ich bin hellwach.

2. GROWIN' UP

Ein stechender Schmerz hinter meinem linken Auge weckt mich. Bens Tüten schaffen mich jedes Mal. Ich sage ihm das auch immer, aber er kontert dann nur, dass ich gerne zum Automaten gehen könne, wenn ich eine Zigarette wolle. Wir hatten fünfzehn Jahre lang geraucht und mit einer feierlichen Zeremonie aufgehört, ein paar Tage nach unserer Party zum Dreißigsten. Wir hatten uns jede blödsinnige Angewohnheit gemeinsam angeeignet. Nun arbeiten wir eine nach der anderen ab.

Ich hebe den Kopf. Anna liegt auf der Seite und liest in T. C. Boyles *Wassermusik*. Ein dickes Buch, und sie liest es nur hier bei mir. Durch unsere getrennten Wohnungen kommt sie kaum voran. Sie blickt auf.

»Guten Morgen.« Dieses Lächeln.

»Ist auch wirklich Samstag?«, stöhne ich.

»Ja klar.«

»Brauch frei.«

»Saufgesicht.«

Ihr Kopf sinkt wieder aufs Laken. Zwischen Gebirgsketten weißer Bettwäsche sehe ich nur ihre linke Schulter und ihr Haar. Anna ist so blond wie noch nie. Den Sommer haben wir jede freie Minute im Park verbracht. Barfuß. Decke. Flasche Wein im Rucksack. Ich konnte dabei zusehen, wie ihre Haare das Licht schluckten, wie jeder Strahl von ihrem Körper aufgesogen wurde. Anna hält es keine zwei Stunden im Haus aus. Als Kind war es im Urlaub ihre Lieblingsbeschäftigung, Strandhunde einzufangen, ihnen Namen zu geben, sie mithilfe von Polaroids zu katalogisieren und an der Promenade ein Tierheim zu eröffnen. Und wenn sie damit fertig war, grillte sie Ameisen mit dem Brennglas. Anna ist zu allem fähig.

Ich lenke meine Hand unter der Bettwäsche hindurch und ziehe Anna zu mir. »Warum trägst du überhaupt dieses Nachthemd?«

Sie klappt ihr Buch zu. »Gefällt es dir nicht?«

»Doch. Es ist schön. Ist das, äh, altrosa?«

Ich kenne keine Farben. Außer Rot, Gelb, Grün und drei, vier weitere Standards. Schwarz zählt nicht, und Weiß gilt als Abwesenheit von Farbe. Anna versucht, mein Spektrum zu erweitern. Auf dem Markt zeigt sie mir Blumen und freut sich, wie schön das Zartrosa der Blütenblätter und ihr hellgrüner Ansatz sei, während ich nur weiß sehe. Ich produziere T-Shirts – muss ich wirklich Farben kennen? Anna würde niemals ein Shirt von *TeeZee* kaufen. Keine Frau wie Anna würde das tun. Unsere Sachen sind für Jungs, und Jungs kennen solche Farben eben nicht, und was Jungs nicht kennen, das wollen Jungs auch nicht haben.

Weil es mit Gerüchen ganz ähnlich ist, pflückte sie mal ein Gänseblümchen, als wir auf einer Wiese lagen, hielt es mir an die Nase und lachte sich schlapp, weil ich keine Ahnung hatte, dass sie stinken wie nasse Hundefüße.

»Mauve«, sagt Anna und zupft an ihrem Nachthemd.

»Mauve …« Ich sinke wieder in mich zusammen.

Anna fasst an meine Stirn. »Aspirin?«

»Zwei, bitte.«

Sie geht in die Küche.

»Wie war's gestern?«, rufe ich hinterher.

»Es war nett. Wir waren im Club, und heute schaue ich mir noch das Atelier an. Ralf hat alles renoviert.«

Atelier … Ich kichere innerlich. Ralf … Er betreibt einen Indie-Club, in dem Bands und DJs auftreten, und malt in seiner Freizeit epische Endzeitszenarien auf meterbreite Leinwände. Mit Frauen redet er viel über die Endlichkeit. Ich habe an sich nichts gegen die Apokalypse, Zombiefilme haben mir schon manchen Abend gerettet. Doch Ralfs Ölschinken sind mir zu hart. Anna mag ihn, weil seine Persönlichkeit seinen Bildern so widerspricht – zumindest versucht sie es mir so zu erklären. Sie gibt manchmal Kurse für Fotostudenten, und auch Ralf arbeitet hin und wieder an der Kunstakademie. Dort kann er sich als wortkarger Schönling geben, ein Image, an dem er seit seinem Stimmbruch bastelt. Den Rest seiner Zeit malt er in einem zugigen Loch im alten Industriepark, und seitdem er im Keller diesen Undcrgroundclub eröffnet hat, fühlt er sich, als hätte er ein neues East Village begründet.

»Das Atelier hat jetzt auch ein Klo«, ruft Anna aus der Küche.

»Eindeutig ein Fortschritt. Aber warum steckt er so viel Arbeit da rein?«

»Er will ganz dorthin ziehen.«

»Was ist denn mit dieser Dings …?«

»Anja. Hat nicht hingehauen.«

»Tja.«

»Kannst du dich noch an die Wohnung der beiden erinnern?« Anna kniet sich auf die Matratze und stellt ein sprudelndes Glas Aspirin auf die alte Coca-Cola-Kiste, die als Nachttisch dient.

»Die mit den zwei Balkonen am Park?«

»Ralf sucht einen Nachmieter.«

Ich leere das Glas in einem Zug und muss beinahe brechen. Ich hasse dieses Zeug. »Was willst du mir damit sagen?«

»Ich will dir damit sagen, dass wir sie uns noch mal anschauen sollten.«

»Weiß nicht. Ich bin doch gerade erst hier eingezogen. Mir tut der Rücken heute noch weh von der Schlepperei.«

Annas Blick verfinstert sich. Ich kann es ihr sofort ansehen, wenn etwas nicht stimmt. Ich sehe es an ihrer Haut, an ihren Augen, manchmal verändert sich innerhalb von Sekunden ihre Gesichtsform. »Kommst du jetzt mit, das Atelier anschauen?«, fragt sie.

»Muss ich?«

Anna runzelt ihre Stirn.

»Okay, okay. Wie lange waren diese Dings und Ralf denn eigentlich zusammen?«

»Bisschen über 'n Jahr.«

»Hoffentlich wirft er seine Ex nicht auf einem seiner Gemälde in einen Kochtopf.«

Anna sticht mir mit der Buchecke in die Seite. »Du bist ein Idiot.«

»Ich bin kein Idiot.«

»Nein?« Anna schlägt ihr Buch wieder auf und dreht sich auf die Seite.

»Nein«, ich stolziere in die Küche und veranstalte großes Geschepper beim Versuch, die italienische Espressokanne zusammenzubauen. Anna hatte sie in ihre Einzelteile zerlegt, abgespült und ins Abtropfgitter gestellt. Ich befülle das Sieb mit Kaffeepulver und drehe die Herdplatte an. Danach öffne ich die Balkontür, trete in die frische Oktoberluft und drücke meinen Rücken durch. Wie einer dieser gähnenden Typen aus der Kaffeewerbung stehe ich da, als mich ein eiskalter Wasserstrahl mitten im Gesicht trifft. »Was zum Henker«, rufe ich.

Der kleine blonde Nachbarsjunge, ein Satan in Kindergestalt, steht auf dem Balkon gegenüber und lacht sich schief. Er hält den Lauf seiner Super Soaker wie ein Scharfschütze nach dem erfolgreichen Fangschuss. Ich will ihn gerade anschnauzen, als sein Vater auf den Balkon tritt und mir einen entschuldigenden, bemitleidenswerten Blick zuwirft.

»Pass auf deinen Balg auf, Mann«, maule ich von Balkon zu Balkon. Als ich mich umdrehe, steht Anna im Rahmen der Küchentür und guckt erschrocken.

»Sag mal, spinnst du?«

»Ist doch wahr«, ich drücke mich an Anna vorbei, tapere gedemütigt ins Bad und lasse eine Wanne einlaufen. Anna geht ins Schlafzimmer. Das Geplätscher des Wassers mischt sich mit dem Brodeln der Kaffeekanne. Von einem lauten Zischen alarmiert, wetze ich zurück und sehe, dass aus allen Ritzen der Kanne braune Brühe strömt und in großen Blasen neben der Herdplatte gerinnt.

»Der Dichtungsring liegt bei der Spüle«, ruft Anna. Sie versucht gar nicht erst, den Spott in ihrer Stimme zu überspielen.

Ich wiederhole die Prozedur, diesmal mit Gummiring, lasse die Milch überkochen, aber balanciere schließlich zwei riesige Kaffeebecher ins Schlafzimmer. Kaum will ich einen wohlverdienten Schluck nehmen, vibriert mein Handy. Bens Kontaktfoto erscheint. Er trägt darauf einen Cowboyhut und hat knallrote Augen.

»Hallo?« Meine Stimme klingt immer noch schlimm.

»Hallo.« Bens Stimme klingt schlimmer.

»Was is' los, vermisst du mich schon?«

»Ich verzehre mich nach dir.«

»Wie geht's?«

»Beschissen. Treffen wir uns später bei Werner?«

»Danke, mir geht's auch gut.«

»Sorry«, er räuspert sich. »Wie geht's?«

»Beschissen.«

»Also, gegen halb zwei?«

»Ich schaff's erst um drei, muss noch mit Anna zu Ralf.«

»Oha.«

»Sag nichts. Bis gleich.« Ich lege auf und sacke zusammen. Im Bad höre ich Anna planschen und mache noch mal die Augen zu.

Anna weckt mich, indem sie ihren Koffer aufs Bett wuchtet. Sie hat schon gepackt, während ich wieder fest eingeschlafen war.

»Verlässt du mich jetzt?«, sage ich. »Ist ja fast wie in *Downbound Train*.«

»In was?«, fragt sie gehetzt.

»Das kann nicht wahr sein«, sage ich. »Wir sind seit zwei Jahren zusammen, und du kennst *Downbound Train* noch nicht? Warte, ich spiel's dir vor.« Ich rappele mich auf, doch Anna hält mich an der Schulter fest.

»Jetzt nicht, okay?«

Ich sinke zurück und ziehe die Decke über den Kopf.

»Was ist nur los mit dir?«, fragt Anna.

Als mir die Luft ausgeht, schlage ich die Decke wieder um. »Nichts.«

Anna schließt den Koffer und packt ihre Spiegelreflexkamera und eine Digicam in die alte lederne Fototasche. Ich mag es, wenn sie sich so konzentriert, bevor sie aufbricht. »Grüßt du deinen Papa heute von mir?«

»Das mach ich.«

»Schön«, sagt sie.

»Du fehlst mir jetzt schon. Was fotografierst du noch mal?«

»Du hörst mir nie zu«, sagt sie und lässt sich neben mich aufs Bett fallen.

»Ich bin noch betrunken.« Ich schaue ernst, um mein armseliges Argument zu stützen.

»Oh Gott, hör auf so zu gucken.« Sie legt sich auf den Rücken und massiert ihren Bauch.

»Ist alles in Ordnung?«

»Bisschen Bauchweh, nicht so schlimm.«

»Bist schwanger, was?« Ich werfe mich auf sie, um sie durchzukitzeln. Sie windet sich und beißt mir in die Schulter.

»Und was wäre, wenn?«

Was dann wäre? Es wäre wunderbar. Ein Riesenschritt natürlich. Ein Haufen Verantwortung. Und das

Kind braucht sicher keine zwei Wohnungen, und …
muss man dann heiraten?

»Warten wir's ab«, sage ich. »Wo fotografierst du?«

Anna braucht einen Moment, um beim Themenwechsel mitzuspielen. Wenn ich unsicher bin, spare ich ein heikles Thema aus. Wenn ich das heikle Thema nicht aussparen kann – beispielsweise, weil Anna es zur Sprache bringt – bleibe ich unverbindlich. Und wenn ich nicht unverbindlich bleiben kann – beispielsweise, weil Anna eine eindeutige Aussage einfordert –, dann wechsle ich das Thema.

»Ärztekongress. Wiesbaden. Remember?« Sie steht auf und schließt ihren Koffer.

»Ach ja. Schrecklich.«

»Das kannst du laut sagen. Bei den Sprüchen, die man sich dort anhören muss, begreife ich das Honorar als Schmerzensgeld.«

Ich bin ihr dankbar, dass sie nicht sauer ist. Mit mir zu leben, muss sich manchmal anfühlen, als lebe man mit einem Kind. Meine Eltern hatten zwei Kinder, die schon sprechen konnten, als meine Mutter und mein Vater so alt waren wie wir.

»Wehe, du brennst mit so 'nem Porsche fahrenden Oberarzt durch.«

»Wenn ich einen Porschefahrer wollte, dann wäre ich mit einem Porschefahrer zusammen.«

»Du eingebildetes Stück.«

»Also: Kommst du mit zu Ralf?«

»Na gut.« Ich schlüpfe in Jeans und Pulli, werfe Anna nach hinten wie ein Tangotänzer seine Partnerin und küsse sie theatralisch. »Aber wenn mich Ralf blöd anlabert, dann knallt's.«

»Reiß dich zamm«, sagt sie auf Bayerisch.

»Anna.«

»Hmh?«

»Mach bitte nie wieder Dialekte nach, okay?«

Sie wirft ihren Schlüsselbund nach mir.

Bereits im Treppenhaus des Industriegebäudes hängen Nachdrucke von Ralfs düsteren Bildern. Eine schwere Eisentür im Erdgeschoss, die in den Club führt, ist angelehnt. Ich werfe einen Blick hinein: Auf den Lautsprechern stehen Käfige mit gefesselten Schaufensterpuppen. Über der Bar hängen Präparate von Wildschweinköpfen. Riesige Hauer, tote Augen. Ein schwerer Samtvorhang, hinter dem eine Bühne sein muss. Alles ist schwarz und stinkt nach jahrzehntealtem Rauch.

»Hier warst du gestern?«, frage ich. Anna ist keine große Clubgängerin, und das hier ist die Höllenausgabe eines Clubs.

»Stammgast werde ich hier nicht«, sagt sie und lacht. »Komm.« Sie nimmt mich an der Hand und zieht mich die Treppen hinauf. Die Fenster sind mit schwarzem Stoff verhangen. Im vierten Stock ist eine der Türen durch eine massive Eichenpforte ersetzt worden. Das muss das Atelier sein. Anna klopft mit dem Bart des Wasserspeiers, der ins Holz eingelassen ist. Im Inneren geht ein Schloss. Dann noch eins. Schließlich hört man einen Riegel zur Seite gleiten.

Ralf öffnet ein Stück. »Darling, was für eine Freude«, er stößt die Tür auf. Ralf trägt eine dunkle Hornbrille und einen Morgenmantel aus schwarzer Seide. Mehr nicht, fürchte ich.

»Hallo Ralf«, sagt Anna.

»Hi«, sage ich und winke.

»Du musst Tom sein.«

»Eigentlich …« Ich schlucke herunter, dass wir uns bereits kennen. »Richtig.« Dieser Arsch.

»Kommt herein.« Ralf wirft seine Haartolle mit einer geschmeidigen Bewegung nach hinten.

»Wir haben gar nicht so lang Zeit«, sagt Anna. »Ich muss später zum Flughafen. Aber wir wollten so gerne sehen, was du aus dem Atelier gemacht hast.«

Ich knirsche mit den Zähnen.

»Ich zeig's euch. Hier, die Bar ist mein ganzer Stolz.« Er schreitet durch das abgedunkelte Loft. In der Luft liegt der Geruch von Ölfarbe. An den verputzten Stahlbetonwänden lehnen, teils hintereinander gestapelt, seine gewaltigen Gemälde. Ein Panoptikum des Schreckens: schmerzverzerrte Gesichter, züngelnde Flammen, Aschemonster. Auf einer überdimensionalen Staffelei steht ein unvollendetes Bild. Ein Straßenkreuzer fährt einen endlosen Highway hinab. Hinter dem Steuer sitzt ein junger Mann mit schwarzen Haaren. Er trägt ein Unterhemd. Seinen tätowierten rechten Arm hat er um die Schultern eines blonden Mädchens gelegt. Die Büsche am Straßenrand brennen, und was die beiden wahrscheinlich noch nicht realisiert haben, das tiefrote Farbenspiel, auf das sie zufahren, stammt nicht von der untergehenden Sonne, sondern von einem gewaltigen Waldbrand, der von einem Ende des Horizonts zum anderen reicht. Als würden sie auf das Fegefeuer zusteuern. Es ist das erste Bild von Ralf, das ich ganz gut finde. Ehrlich gesagt, finde ich es phantastisch. Es ist total Americana. Auto, Typ, Mädchen, Straße. Super.

»Daran arbeite ich seit ein paar Tagen«, sagt Ralf hinter seiner halbkreisförmigen Bar aus dunklem, schwerem Holz, die vor dem Fenster mit Blick auf den Industriepark aufgebaut ist. Auf drei passenden Nussbaumbrettern stehen Dutzende Spirituosenflaschen.

»Wie wirst du das Bild nennen?«, fragt Anna, die noch immer sein jüngstes Werk studiert.

»Keinen Schimmer«, sagt Ralf.

»Donnerstraße«, murmele ich.

»Was?«

»Wie wäre Donnerstraße?«, sage ich laut.

»Wie kommst du darauf?«, fragt Ralf, nicht ohne Interesse in der Stimme.

»Ach, es erinnert mich an einen Song, das ist alles.«

»Aha, und welchen?«

»*Thunder Road.*«

»Kenne ich nicht.«

»Macht ja nichts. Dafür hast du eine Bar.« Ein Kurzbesuch bei Ralf, und ich will auch eine Bar, verdammt.

»Willst du einen Drink?«, er zeigt mit aufgerissenen Augen auf die Batterie von Flaschen.

»Äh, es ist erst halb eins.«

»Kein Problem für mich.« Ralf wirft zwei Eiswürfel in ein Whiskeyglas, dreht sich vor das Regal und lässt seinen rechten Zeigefinger zwischen den Flaschen kreisen.

»Okay. Gib mir auch einen.«

»Was magst du?«

»Bourbon.« Ich halte einen Zeigefinger nach oben. »Und Bourbon«. Ich nehme den Mittelfinger dazu, ich will einen Doppelten.

Er nimmt eine Flasche Jack Daniel's, Single Barrel, und schüttet zwei Fingerbreit ins Glas, bevor er aufblickt. »Anna?«

»Für mich 'ne Cola. Wie könnt ihr jetzt nur trinken?«

Ich stelle mir dieselbe Frage, als ich mein Glas ansetze, nippe und anerkennend nicke – obwohl mir noch übel ist von gestern.

»Wie lange bist du auf Reisen, Anna?«, fragt Ralf.

»Bis Ende der Woche, nur ein paar Tage.«

»Sehr gut, dann bist du rechtzeitig zu meiner Geburtstagsparty zurück.«

»Klar, Freitagabend. Werde da sein.«

»Und was macht dein Strohwitwer so lange?«

Wie ich es hasse, wenn man über mich in der dritten Person spricht, obwohl ich anwesend bin. »Der Strohwitwer fährt vielleicht auch weg«, erwidere ich kokett.

»Ach ja?« Anna öffnet die kleine Colaflasche mit dem eisernen Totenkopf, der auf dem Tresen steht.

»Vielleicht besuche ich Charlie.«

»Toll … Das wäre toll.«

Ralf scheint Annas Reaktion zu amüsieren. »Wer ist denn dieser Charlie?«

»Mein Bruder.«

»Und wo lebt dein Bruder?«

»In New Jersey. Er ist Dozent für Deutsche Literatur in Princeton.«

»Du willst zu Springsteen!«, ruft Anna triumphierend. Sie hat mich durchschaut. »Keine neuen Deutschlandtermine?«

»Nein«, sage ich. »Leider nicht.«

»Schade.«

»Ist der nicht ein bisschen wie die Rolling Stones?«, fragt Ralf und schwenkt sein Glas.

Hey, ich mag die Stones, will ich sagen, doch Anna kommt mir zuvor: »Tom ist ein Riesenfan. Er war schon auf über zwanzig Konzerten.«

»Ich bin kein Fan von nichts, wisst ihr«, sagt Ralf und nippt an seinem Drink. »Ich bin dafür ein Bewunderer des Universums.«

Oh Mann. Wie soll ich einem Mann trauen, der einen Morgenmantel aus Seide trägt und keine Helden hat?

»Wie heißt noch mal der große Hit?« Ralf kramt angestrengt in seinem Gedächtnis. »*Born on a Train?*«

Ich sacke in mich zusammen. »*… in the USA.*«

»Was?«

»*Born in the USA. Born on a Train* ist auch ein super Song, aber von den Magnetic Fields.«

»Ach ja, richtig.«

»Außerdem spielt Springsteen *Born in the USA* kaum noch. Vielleicht musst du einfach mal auf ein Konzert gehen, bevor du …«

»Warum?«

»Was, warum?«

»Warum ich so viel Geld für ein Stadionkonzert ausgeben soll. Da gehe ich doch lieber auf einen Clubgig ins *Atomic*.«

»Kannst du ja gern machen. Mach ich auch. Aber seine Konzerte sind … die sind pure Energie. Danach bist du ein anderer Mensch. Du darfst nicht sterben, ohne die Lebensfreude dieses Mannes mal gespürt zu haben.« Während meines Plädoyers lasse ich Ralf nicht aus den Augen. Soll er ruhig wissen, dass ich ihm nicht einmal zutraue, wahre Lebensfreude zu erkennen, wenn sie ihm in den Arsch tritt.

»Klingt interessant, aber entschuldigt mich kurz.« Ralf geht in einen Nebenraum.

»Klingt interessant, klingt interessant … Hey, Anna«, flüstere ich und packe sie an der Schulter, »ich will hier weg.«

»Was ist denn? Er gibt sich doch total Mühe.« Sie streicht mir ein paar Haare aus der Stirn. »Was man von dir nicht gerade behaupten kann.«

Als Ralf zurückkommt, trägt er eine schwarze Hose, einen schwarzen Rolli und weiterhin seine dunkle Hornbrille. »Hier, Darling.« Er drückt Anna einen Schlüssel in die Hand. Es ist ein altmodischer Eisenschlüssel mit einem auffälligen Bart. Als würde man seit Jahrhunderten das Tor eines alten britischen Gemäuers mit ihm verriegeln.

»Danke, Ralf.«

»Was ist das denn für ein Schlüssel?«, staune ich.

»Ich möchte mir gerne noch mal die Altbauwohnung am Park ansehen.«

Ich schaue sie mit großen Augen an.

»Können wir ja gleich besprechen.« Anna weicht meinem Blick aus. »Okay, Ralf, wir müssen los.«

»Meine Liebe, bis Freitag.« Ralf nimmt Anna in den Arm. Lange. Bisschen zu lange.

»Bis Freitag, Ralf«, sagt Anna.

»Auf Wiedersehen, Tom.« Ralf streckt mir seine Hand entgegen. »Du bist natürlich auch herzlich eingeladen.«

»Freitag kann ich nicht«, lüge ich und packe widerwillig zu.

»Schade. Hier, meine Karte. Wir können ja mal ein Bier trinken gehen. Würde mich freuen.«

»Äh, gerne.« Ich halte die Karte mit spitzen Fingern und komme erst ein paar Sekunden später auf die Idee, sie in meinen Geldbeutel zu stecken. »Danke.«

Als wir am Bahnsteig stehen, sehen wir noch von Weitem das Industriegebäude. Anna lehnt sich gegen meinen Oberkörper und drückt ihre Nase gegen mein Kinn. »Was ist eigentlich los mit dir?«

»Was soll los sein?«, sage ich leise.

»Du bist so geladen.«

»Ich glaube, ich muss mal ein bisschen raus. Ist alles ein bisschen viel zurzeit.«

»Und ich bin dir auch zu viel, oder was?«

Ich stocke kurz, fange mich aber. »Du fehlst mir jetzt schon.«

»Dann lass uns noch schnell die Wohnung angucken, okay?«, sagt Anna. »Das bringt dich auf andere Gedanken, und ich nehm mir dann einfach ein Taxi zum Flughafen.«

»Lass uns das machen, wenn du wieder da bist, ja? Ich kann das gerade nicht.«

Sie lässt mich los und starrt auf die Anzeigetafel. In einer Minute wird die S-Bahn Richtung Flughafen da sein.

»Wenn ich wieder da bin, ist es vielleicht zu spät«, sagt Anna, als hinter ihr die Bahn einfährt. Ihre Haare umstöbern mich wie ein Sandsturm.

»Mein *Jersey Girl*«, sage ich.

Sie sagt nichts weiter, nimmt ihren Koffer und öffnet die Tür. Ich drücke meine Hand gegen das Fenster der

Bahn. Anna wirft mir aus dem Inneren einen kurzen Blick zu und schaut dann nach vorne.

Ich blicke dem Zug noch eine Weile hinterher, entscheide mich dann aber, ein Stück zu laufen. Auf der Treppe, die zum Ausgang führt, weht mir ein heftiger Wind entgegen. Die Luft ist noch warm für Ende Oktober. In den Straßencafés stapeln sich Menschen. Auf dem Grünstreifen einer umtosten Verkehrsinsel liegen zwei Männer auf ihren Jacken, ihre weißen Bäuche blenden mich. Ich setze meine Sonnenbrille auf. Mit der alten *Wayfarer* fühle ich mich immer wie Bob Dylan, bis mir bewusst wird, dass ich dunkelblond bin und doppelt so groß.

Ich brauche zwanzig Minuten zu Werners Laden. Er liegt hinter dem Hofbräuhaus, in einer der kleinen Gassen abseits des Touristenstroms, in die sich kaum jemand verirrt. Die Fassade ist als Einzige bis über Kopfhöhe besprayt. Eine Ausnahme in dieser auf Sauberkeit bedachten Stadt. Der Gehsteig verläuft hier so schmal, dass man mit einem Bein im Rinnstein hinkt. Ich blicke nach oben, bevor ich am engsten Punkt der Gasse die Tür öffne. Seit Jahren hängt das Schild schief: *WERNER'S HARTE WAREN*

Schon von außen kann ich ein Banjo hören. Werner spielt die einzige Melodie, die er beherrscht: Das Gitarrenduell aus *Beim Sterben ist jeder der Erste*. Als ich die Tür öffne, quakt es rülpsend: *Jibbit*.

»Was war das denn?«

Der alte Mann stellt das Banjo zur Seite und nimmt seine Sauerstoffmaske ab. »Ein Türfrosch«, antwortet Werner.

Ich werfe einen Blick auf den Boden, wo eine knallgrüne, etwas zu große Plastikkröte steht. »Wie auch immer … Guten Morgen, Werner.«

»Morgen? Bin ich vielleicht schon tot.«

»Ist alles okay?«, frage ich alarmiert.

»Nur Spaß, alles in Ordnung.«

Im Laden ist es zu jeder Jahreszeit düster. »Du solltest mal rausgehen, Werner. Es sind fast zwanzig Grad.« Ich schiebe mir die Sonnenbrille ins Haar.

»Scheiß Goldener Oktober«, grummelt Werner und rührt sich kein Stück. »Und nimm die Brille aus dem Haar. Du bist nicht Scheiß-Belmondo.«

Ich falte die Brille sofort zusammen.

Werner kam kurz nach dem Krieg zur Welt. Er wurde mit der Zange geholt, doch die Ärzte mussten das Neugeborene zurück in die Mutter schieben, weil sich die Nabelschnur verfangen hatte. Als kleiner Junge erkrankte er dann an Schwindsucht. Dennoch wurde er im Wirtschaftswunder Dachdecker und hat »dieses Scheißland«, wie er es nennt, wieder aufgebaut. Das wirft er sich bis heute vor. Mit zweiundzwanzig brach einer seiner Lungenflügel zusammen und wurde in einer Notoperation stabilisiert. Als mein Bruder und ich vor vielen Jahren den Laden entdeckten und Wochenende für Wochenende vorbeischauten, zeigte er uns mal seine Narbe. Ich konnte kaum hinsehen. »Verfluchte Metzger«, sagte er damals nur, »verfluchte Metzger.«

Manchmal, wenn Werner das Gebrüll der spielenden Kinder vor seine Laden zu bunt wird, zieht er seinen Pullunder hoch und präsentiert durch das Fenster seinen entstellten Brustkorb, um die Krachmacher zu verscheuchen. Sein Geschäft ist dadurch jedoch zu einer wahren Attraktion für kleine Jungs geworden. Sie begreifen es als Mutprobe, den alten Mann zu reizen. Ich hätte mich als Kind aber auch vor ihm gefürchtet: Knochige Finger, nur noch ein paar gelbbraune Strähnen auf dem Kopf, und wenn Werner lacht, dann sieht man grünes Zahnfleisch. Wenn ich Freunden den Laden zeige und ihnen danach erkläre, dass der Greis, den sie gerade kennengelernt haben, keine fünfundsechzig Jahre alt ist, glaubt mir das keiner.

Werner legt den Kopf in den Nacken und guckt an die Decke, wo sich seit Monaten ein Wasserfleck ausbreitet, ganz langsam, so wie die Wüste das Land verschluckt. »Schau dir das an. Dieses Mietnomadenpack«, sagt er und deutet nach oben.

»Wasserschaden. Wird teuer«, sage ich.

»Das lass ich doch nicht mehr machen.«

»Wieso?«

»Weiß nicht, wie lange ich den Laden noch behalten will.«

»Du kannst doch gar nicht leben ohne den Laden.«

»Kann ich auch nicht.« Er steht auf und verschwindet im Hinterzimmer. »Ich hab noch was für dich. You'll love it.«

Der Laden ist gerade groß genug, dass man ein paar Schritte hin und zurück schlendern kann. Werner hatte den Raum angemietet, nachdem er in den Siebzigern zu Geld gekommen war. Seitdem verkauft er hier alles, was ihm gefällt. Gitarren, Platten, Mundharmonikas, manchmal stehen Bierreklamen herum, Neonschilder, Hi-Fi-Möbel aus der Wirtschaftswunderzeit und Eiersessel aus den Siebzigern. An vielen Exponaten kleben noch Preisschilder mit D-Mark-Auszeichnung, und das Zeug stapelt sich zu schiefen Türmen. Woher Werner damals das Geld genommen hatte, erfuhren wir nie. Mal erzählte er uns, er sei Croupier gewesen und habe das Casino geprellt, dann behauptete er, Rockkonzerte veranstaltet zu haben, beim nächsten Mal wollte er als Bankräuber durch Norddeutschland gestreift sein. Es war wohl seine Art zu sagen: Das geht euch einen Scheißdreck an. Sein Privatleben schien nicht stattzufinden.

»Ihr kommt doch sonst immer im Doppelpack«, sagt Werner und stellt etwas hinter dem Tresen ab. Seine Bewegungen wirken gequält, als knarre jeder Knochen wie eine morsche Bodendiele. »Da isser ja auch schon. Pat und Patachon, sag ich doch.«

Jibbit.

Ben stürzt herein und stolpert, weil er nach der Quelle des Rülpslautes sucht. »Was war das denn?«

»Ein Türfrosch«, antwortet Werner.

»Was denn sonst, Depp?«, füge ich hinzu.

Ben guckt verstört. »Wie auch immer …«, er greift in seine Jackentasche und wedelt mit einem Geldbündel. »Ich habe die vierhundert zusammen. Da staunst du, was, Werner?« Ben war wochenlang um eine alte Westerngitarre herumgeschnurrt. Nun blickt er auf eine kahle Stelle an der Wand. »Wo ist sie? Wo ist die Epiphone?«

»Verkauft, Junge«, sagt Werner. Das Plastik der Atemmaske beschlägt und klärt sich abwechselnd.

»Wie jetzt …« Ben schaut wie ein Schüler, der nach einem halben Jahr Nachhilfe eine Sechs rauskriegt. Mir wird nun klar, warum er in letzter Zeit für nichts Geld übrig hatte – auch nicht für einen Flug nach New York. Ben hatte gespart, doch nun wird er für diese einmalige Anstrengung nicht belohnt werden. Ein pädagogischer GAU.

»Wem hast du sie verkauft, verfickte Scheiße?«

»Ben«, sage ich.

»Ist doch wahr.«

Werner zuckt mit den Schultern.

»Ja, wem?«, frage ich. »Hier ist doch nie jemand.«

»Was glaubt ihr eigentlich, wer ihr seid?« Werners Maske verrutscht, so laut wird er jetzt. Ben zuckt zusammen. »Ihr lümmelt eine Stunde bei mir herum – und das alle zwei Wochen. Die Welt dreht sich nicht nur um euch. Ihr wisst doch gar nicht, wer hier alles vorbeikommt.«

»Ja, wer denn?« Ich drehe mich demonstrativ um die eigene Achse.

»Leute, die schwarze Gitarren kaufen, zum Beispiel«, faucht Werner giftig.

»Alles Arschlöcher.« Ben bewegt sich von der akuten Wut- in die Schmollphase.

»Gibt's wenigstens neue Platten?«, frage ich.

»Eine alte *Exile on Main Street* ist reingekommen. Von '72 sogar. Der Typ sah aber auch so aus, als würde er Geld brauchen. Er hat außerdem ein Springsteen-Livealbum hiergelassen, von dem ich noch nie gehört habe.«

Ich erstarre. Werner hätte genauso gut sagen können, dass es gleich Freibier gibt, weil Bruce und die Band vorbeikommen. Ich gehe sofort zur Plattenwand, blättere unter »S«, finde aber nichts, was ich nicht schon besitzen würde.

Werner zieht die Platte hinter dem Tresen hervor. »Du hast wie immer Erstzugriff«, er nimmt einen tiefen Zug aus der Sauerstoffflasche und zwinkert mir zu. Der alte Mann ist der einzige Mensch auf der Welt, bei dem diese Geste nicht tiefes Misstrauen in mir weckt.

»Kann ich?«, ich nicke in Richtung des Plattenspielers, der zum Probehören bereitsteht.

»Nein, bitte nicht. Nimm sie einfach mit nach Hause und zahl beim nächsten Mal, falls sie dir gefällt.«

»Nur einen Song. Das hältst du schon aus.«

Werner liebt Bruce Springsteen, aber in seinem geschwächten Zustand fürchtet er, dass ihn diese Liebe umbringen wird. Vor ein paar Monaten hatte er *Born to Run* aufgelegt und war bereits im letzten Drittel von *Thunder Road* ins Hyperventilieren gekommen. Und das ist der erste Song auf der Platte. Glücklicherweise steht seine Sauerstoffflasche auf einem Eisengestell mit Rädchen, sodass er sie meistens bei sich hat. »Du machst doch sowieso, was du willst.«

Ich nehme grinsend die Platte heraus. Die Albumhülle ist pink mit einem verblichenen Stempel drauf: *Bruce Springsteen & the E Street Band, live in L. A. '85.* Illegale Pressung. Ich schaue wie ein DJ auf den Verlauf der Rille. Das vierte Stück muss mindestens sieben, acht Minuten lang sein. Wenn schon nur ein Song, dann wenigstens ein ordentlicher. Ich lasse die Nadel herunter. Das unverkennbare Piano von Roy Bittan setzt ein. Ben zeigt auf seinen Unterarm. Er hat sofort Gänsehaut gekriegt.

»*Growin' Up*. Wollt ihr mich umbringen? Spielt doch gleich *Born to Run*«, Werner verschwindet erneut im Hinterzimmer.

Ben und ich lehnen uns an den Wurlitzer, der seit Jahren vor sich hin staubt, und lauschen konzentriert wie zwei Kritiker in der ersten Reihe eines Symphoniekonzerts. Wir haben *Growin' up* sicher schon fünfzig Mal gehört, in diversen Versionen, aber diese Variante kennen wir beide nicht. Mitten im Song beginnt Bruce eine Geschichte zu erzählen. Wie er als Teenager zum Schulberater musste, wegen seiner miesen Noten. Bruce geht nach Hause und schüttet seinem Dad das Herz aus. Dass er nur Pech mit Mädchen habe, dass ihn nichts so richtig interessiere, und dass er auch keine Hoffnung habe, dass sich daran irgendetwas ändern wird. Als er sich ausgekotzt hat, so Bruce, blickt ihm sein Vater fest in die Augen und sagt: »Hol mir noch ein Bier aus dem Kühlschrank, Junge.«

»Schrecklich traurig«, ruft Ben, um die Musik zu übertönen.

Douglas Springsteen ist wahrscheinlich der berühmteste Dad der Rock 'n' Roll-Geschichte. In Dutzenden Songs und endlosen Monologen wie diesem hat Bruce die Beziehung zu seinem alten Herrn verarbeitet. Douglas fühlte sich als Verlierer und saß meist deprimiert zu Hause. Und immer maulte der Gelegenheitsarbeiter über seinen jeweiligen Chef. Letztendlich war das der Grund, warum sein Sohn unbedingt der Boss sein wollte – der *fuckin' Boss,* wie Bruce später sagte.

Während der Song läuft, werfe ich einen Blick aufs Handy, ob Anna geschrieben hat. Nichts. Was war da eigentlich gerade passiert am Bahnsteig? Der Timer ist inzwischen bei drei Tagen und zwanzig Stunden angelangt. Wie schnell das geht. Ich beginne eine SMS zu tippen: *Anna, Du musst mich verstehen, ich …* Doch ich stecke das Telefon wieder weg. Die Musik drückt mich tief in ein Gefühl hinein, das ich nicht so recht kannte bisher. *I stood alone in a fallout zone*, singt Bruce. Das schafft nur er, mich immer wieder abzuholen, mir klarzumachen, was gerade nicht stimmte. Ich spüre die Enttäuschung dieses Jungen über seinen Vater. In meinem Leben habe ich mich noch nie so einsam gefühlt wie jetzt. Ich bin der Typ aus diesem Song, jetzt, und keiner versteht mich. Selbstmitleid drückt sich wie eine klebrige Substanz in meine Adern. Ich muss hier weg. Eine leichtere Flüssigkeit mischt sich mit dem zähen Selbstmitleid: Erleichterung. Darüber, dass Anna nicht da ist, und ich einfach verschwinden kann, ein paar Tage Unterschlupf suchen, Schutz vor dem Moment finden, der einfach passieren würde. Ohne dass ich etwas würde dagegen unternehmen können. In drei Tagen und zwanzig Stunden würde ich auf keinen Fall hier sein. So viel ist klar.

»Ist alles okay, Tom?«

Ich gucke erst nach einem kurzen Moment auf und schüttle mich kurz, um die dunklen Gedanken zu verscheuchen. Es gelingt mir nicht so recht. »Klar, alles gut.«

Werner tritt wieder hinter dem Vorhang hervor. »Schluss jetzt. Musik aus.«

Ich drehe leiser. »Was willst du für das Album?«

»Dreißig Euro.«

»Bitte?« Hätte ich ein Toupet, wäre es verrutscht. Werner verlangt Preise wie zu Zeiten der Großen Inflation und behauptet dann noch, es handele sich um ein Freundschaftsangebot.

Er tritt an die Registrierkasse und lässt die Schublade

mit einem lauten *Schra-da-bing* aufspringen. »Gut, gib mir zwanzig. Sehen wir uns nächsten Samstag?«

»Weiß noch nicht. Vielleicht verreise ich.«

»Aha«, Werner packt die Platte zunächst sorgfältig in ihre Schutzhülle und dann in eine Tüte. »Wo soll's hingehen?«

»Zu Charlie.«

»Charlie!«, ruft Werner freudig. »Wie lange habe ich den nicht gesehen, drei, vier Jahre?«

»Eigentlich war er vor einem Jahr hier.«

»Ach ja. Wie geht es ihm?«

»Gut.«

»Grüß ihn vom alten Werner.«

Ich nehme die Tüte. »Na logisch.«

»Er weiß noch gar nichts von seinem Glück«, sagt Ben.

»Was soll das jetzt wieder heißen?«, Werner guckt fragend zu Ben.

»Eigentlich will Tom nur nach Jersey reisen, um Bruce Springsteen zu fragen, ob Anna die Richtige ist.«

Ich töte Ben gedanklich mit einer Machete und hacke ihm den Kopf ab.

»Kann man doch so sagen, oder?«, Ben zuckt mit den Schultern.

»Nee, es ist nur … ach, ich weiß es doch auch nicht.«

»Aha«, sagt Werner erneut.

Ich mag seine Unaufgeregtheit. So erzähle ich ihm von meiner Liebe zu Anna und meiner Blockade, was unsere Zukunft betrifft. Werner ist im Laufe der Jahre zu einem Rock 'n' Roll-Yoda für mich geworden. Wie jeder Mann meines Alters, der noch nicht gemerkt hat, dass er ein Mann meines Alter ist, stehe ich auf *Star*

Wars. Ich wäre gerne wie Han Solo, aber aus verschiedenen Gründen bin ich wohl eher der Luke-Skywalker-Typ. Ich brauche Mentoren. Werner war es auch, der mich schon mit elf, zwölf Jahren auf mein erstes Springsteen-Konzert mitnahm. Und bei Werner konnte ich mir sicher sein, dass er nie sagen würde »Hol mir noch ein Bier, Junge!«, wenn ich ihn um Rat bat. Nur: Verheiratet ist Werner auch nie gewesen. Soweit ich weiß. Hat überhaupt mal eine Frau eine Rolle gespielt in seinem Leben? Die Einzige, die sich in den Laden verirrt, ist seine Putzfrau, die zwei Mal pro Woche in den Morgenstunden aufräumt.

»Du warst nie verheiratet, oder?«, frage ich.

Werner trommelt mit seinen Fingern auf den Tresen.

»Oder?«, bohrt Ben.

»Wisst ihr …«, Werner legt nun entspannt die flache Hand auf den Tisch. »Die meisten Frauen erwarten bei der Liebe eine große Opernaufführung.« Er richtet sich mühsam auf. »Ich hingegen stehe mehr auf Rocksongs.«

»Warum zum Teufel vergleicht ihr beide euer Leben ständig mit Rocksongs?« Ben schüttelt seinen Kopf. »Du«, er zeigt auf mich, »bist Angestellter bei einem mittelständischen Textilunternehmen. Und du«, er nickt Richtung Werner, »sitzt seit gefühlt einem Jahrhundert in diesem dunklen Loch von Laden fest.«

»Mir gefällt's hier eben«, erwidert Werner betont ruhig. »Ich mache genau das, was ich machen will. Ich hoffe für dich, dass auch du das eines Tages von dir behaupten kannst.«

»Anna will auf jeden Fall 'ne Oper, so viel steht fest«, ich starre ins Leere.

»Wie lange seid ihr jetzt zusammen?«, fragt Werner.

»Zwei Jahre.«

Werner legt den Kopf in den Nacken und seufzt. In solchen Momenten, ich kann es schwören und habe es gesehen, wird Werner tatsächlich zu Yoda. »Dann bist du sowieso schon an die Liebe verloren gegangen.«

»Was meinst du damit?«

»In meinem Leben war zu wenig Liebe, Junge. Mach nicht den gleichen Fehler.«

»Werner, das ist wahnsinnig traurig, was du da sagst.«

Er fixiert mich mit trüben Augen. »Das Wichtigste, was man verstehen muss, ist doch: Man bleibt zwei Menschen. Lass dir keinen Scheiß erzählen, von wegen zwei werden eins. Und von ewiger Liebe. Nichts ist ewig. Also kümmer dich ruhig um dich selbst. Du musst dich selbst kennen, wenn du richtig lieben willst. Und manchmal muss man eben den ganzen Weg gehen.«

»Den ganzen Weg?«

»Ich finde es großartig, dass du zu Springsteen fliegen willst.«

»Echt?«, frage ich.

»Wie jetzt?« Ben guckt Werner stutzig an.

»Eine Pilgerreise hat noch niemandem geschadet. Außer ein paar von den Scheiß-Aposteln, vielleicht.«

»Werner, du schweifst ab«, Ben schüttelt den Kopf.

»Es gab da diese Sache mit Elvis und Bruce, davon habe ich erst neulich gelesen«, sagt Werner und dreht sich um. Im Regal hinter der Kasse fliegen lose Papiere und Bücher, Post-its und Stifte durcheinander.

Ich setze mich wieder auf den Wurlitzer und verschränke die Arme.

»Du Spasti warst noch nie im Paradiso?«, fragt Ben.

»Kommst du mit oder nicht?«

»Ich kann nicht. Morgen sind Sonderproben um neun.«

»Komm schon. Münzenwerfen-Ausgehen.«

Manchmal, wenn wir nicht sicher sind, wie wir uns entscheiden sollen, gehen wir aus und sagen zum Beispiel: Wenn irgendwo *The Boys Are Back In Town* läuft, dann kaufen wir uns die neue Gitarre oder das Paar sauteure Turnschuhe. Das hat den Nachteil – oder den Vorteil, wie man es nimmt –, dass man die Nacht ins Endlose zieht, und noch einen Club versucht und noch einen, in der Hoffnung, irgendwo das Lied zu hören. Und zur Not wünscht man es sich beim DJ.

»Du willst eine Entscheidungshilfe, ob du fliegen sollst?«, fragt Ben.

»Wenn irgendwo auch nur ein Springsteen-Song läuft, dann buch ich nachts noch einen Flug.«

»Wo zum Geier soll in dieser Stadt Springsteen laufen? Jeder DJ lacht sich krank über den Kerl.«

»Dann gehe ich ja kein Risiko ein.«

Innerhalb weniger Minuten ereiche ich mit meinem alten Saab die Autobahn. Kein Mensch scheint auf den Straßen unterwegs zu sein. Manchmal stelle ich mir vor, wie es wäre, der letzte Mensch auf der Welt zu sein. Ich funktioniere gut allein. Habe ich jahrelang. Eigentlich habe ich nichts vermisst, als Anna noch nicht da war. Ist die Quintessenz des Glücks, dass man es gar nicht vermisst hat, weil man nicht wusste, was einem fehlt? Wie lange würde es wohl dauern, bis ich durchdrehe in einer Welt ohne andere Menschen? Ohne

Anna. Nichts hat nur eine Seite. Der Traum vom einfach Abhauen aus Springsteens Liedern, der mündet
für jemand anderen vielleicht im Albtraum. Im Verlas-
senwerden. Mein Bruder wurde mal über Nacht sitzen
gelassen. Sie war gegangen, einfach so, und dann hat sie
sich nie wieder bei ihm gemeldet.

Kilometerlang schalte ich mit der ganzen Faust, in
der ich mein Handy umklammere. Immer wieder
scrolle ich zu Annas Nummer und bin kurz davor zu
wählen. Doch ich kann es nicht, unser Abschied war so
trostlos, dass mir nicht klar ist, wer sich vorhin eigentlich aus dem Staub gemacht hat – Anna oder ich. Der
Timer tickt. Ab und zu blicke ich auf, um keinen Unfall
zu bauen. Auf halbem Weg wähle ich die Handynum-
mer meiner Mutter. Das Freizeichen hallt leicht nach,
als wäre sie gerade in einem buddhistischen Tempel, in
dem sich die Echos der Jahrhunderte sammeln. Sie
geht nicht ran.

Nach einer halben Stunde biege ich in vertraute Straßen ein, vorbei an der alten Scheune, dem Gebäude der
freiwilligen Feuerwehr, dem Maibaum. Ich parke den
Wagen an der Kapelle und öffne die Eisenpforte. Neben
einer Informationstafel hängt der Grablichtautomat.
Ich werfe einen Euro hinein und drehe den Hebel. Es
poltert, aber keine Kerze landet hinter der Plastik-
klappe. Ich schlage gegen den Automaten, immer fes-
ter, bis meine Faust vor Schmerz glüht. Zurück beim
Auto öffne ich den Kofferraum und wühle manisch im
Müll, der sich darin angesammelt hat. Eine Kerze liegt
noch unter dem Warndreieck, ich hatte bei Aldi mal
einen ganzen Karton gekauft. Ich gehe zurück durch
die Pforte und schaue mich um. Kaum jemand scheint

hier zu sein, obwohl die Sonne noch scheint. Nur ein älterer Mann und seine Frau pflanzen am anderen Ende des Friedhofs Herbstblumen auf ein Grab. Ich gehe in ihre Richtung und nicke den beiden zu.

Was sagt man auf Friedhöfen eigentlich? Guten Tag?

»Guten Tag.« Ich probiere es einfach.

Der Mann blickt mich mit blutunterlaufenen Augen an. Sein Gesicht ist so weiß wie die Lilien, die in einem Bündel neben ihm liegen. Die Frau stochert mit leerem Blick in der frisch aufgeworfenen Erde. Ich schaue auf den Boden und gehe weiter. Nach etwa zwanzig Metern bleibe ich vor einem grob behauenen Stein stehen. Seine Form erinnert mich immer ans Matterhorn. Er trägt eine schlichte Inschrift:

Robert König
* 9. Juli 1947
† 8. Dezember 1980

Ich drehe mich um und vergewissere mich, dass niemand in meiner Nähe ist. Unweigerlich wandern meine Hände in die Hosentaschen. Ich ziehe meine Schultern nach oben und schabe mit den Schuhen im Kies.

»Hallo Papa.«

3. DARKNESS ON THE EDGE OF TOWN

Ich weiß nicht, welcher Song im Autoradio lief, als mein Vater das Stauende sah. Er bremste. Die Reifen seines Wagens quietschten. Als er ihn zum Stillstand gebracht hatte, atmete er durch, nur eine Sekunde lang. Dann rammte ihn sein Hintermann. Fast dreißig Jahre ist das nun her. Er starb ein paar Wochen vor seinem 33. Geburtstag und hinterließ meine Mutter – sie war Mitte zwanzig – und seine zwei Söhne.

Ich kann mich nicht an ihn erinnern. Mein Vater ist für mich dieser Grabstein, und dieser Grabstein ist fast so alt wie ich.

Sogar hier muss ich an Ben denken, hier bei meinem Papa. Wie traurig er war, als er bei Werner die Geschichte von Springsteen und dessen Dad und der Bierdose hörte. Das macht mich wütend. Ich hatte nie ein mieses Gespräch mit meinem Vater. Ich habe mit meinem Vater nie sprechen können. Ein mieses Gespräch fände ich toll.

In meinen Kopf hat sich vor allem eine Szene aus der Grundschule eingebrannt. Als man erstmals mitbekam, dass sich die Eltern von Freunden scheiden ließen, hat das viele Kinder schrecklich mitgenommen. Irgendwann kam in der Pause Kalle auf mich zu, dieser

Spinner aus der dritten Klasse, und sagte, sein Vater sei ein solcher Verlierer, ich solle doch froh sein, dass meiner tot sei. Ich streckte ihn mit einer Kopfnuss zu Boden.

»Was hast du dir dabei gedacht?«, fragte meine Mutter und zerrte mich aus dem Zimmer der Direktorin. Wir standen in der Pausenhalle, ganz allein, nur sie, zu mir heruntergebückt, und ich, mit meinem Kopf zu ihr nach oben gebogen. Mein Schulranzen zog schwer an meinem Rücken. »Du hättest von der Schule fliegen können. Und was dann?«

»Stimmt doch gar nicht«, verteidigte ich mich. »Frau Bestmann findet auch, dass Kalle total fies ist!«

Die Heimfahrt über schwiegen wir. Ich erzählte meiner Mutter nichts von Kalles Spruch. Um sie zu schützen, erzählte ich ihr nie von Sprüchen, die etwas mit meinem Vater zu tun hatten. Auch nicht, als der Erdkundelehrer mal sagte, wie sehr man merke, dass mir die strenge Hand des Vaters fehle. In solchen Momenten stieg eine derartige Aggression in mir auf, dass ich mich selbst nicht mehr kannte. Das ist heute noch so. Manchmal glaube ich, mein Vater hat diese Wut in mir verstaut, bevor er losgefahren ist und nie wieder zurückkam.

Nachdem ich Kalle eine verpasst hatte, wünschte ich mir insgeheim, dass mein Vater zu Hause warten würde und ich richtig Ärger mit ihm bekommen würde. Doch das Gegenteil geschah. Meine Mutter sperrte die Haustür auf, und auch diesmal war er nicht da.

Am Ende des Schuljahres schrieb Frau Bestmann in mein Zeugnis, dass ich *ritterlich* für meine Prinzipien einstehen würde. Manchmal fürchte ich, der Umstand, dass ich meinen Vater nie kennengelernt habe, könnte mich in Verbindung mit der Tatsache, dass er mir dennoch so nah ist, in den Wahnsinn treiben.

Damals begann ich auch, Filme so oft zu gucken, bis sich die Video-2000-Kassetten in Bandsalat auflösten. Mein Lieblingsfilm hieß *Mach's noch einmal, Sam*. In dieser Komödie erscheint Humphrey Bogart regelmäßig Woody Allen und versorgt ihn mit kernigen Tipps.

Bogart: Sag ihr noch mal, wie hübsch du sie findest.

Allen: Habe ich doch gerade erst.

Bogart: Noch mal!

Allen: Und dann?

Bogart: Dann sagst du, dass sie etwas in dir berührt, das du nicht kontrollieren kannst.

Als ich akzeptiert hatte, dass mein Vater nicht nach Hause kommen würde, habe ich mir oft gewünscht, dass wenigstens Bruce erscheinen und mir sagen würde, was ich wann, auf welche Weise und wie schnell oder langsam machen solle. Wenn ich Liebeskummer hatte. Wenn ich frisch verliebt war. Wenn ich Schluss machen wollte, aber nicht wusste, wie. Doch Bruce erschien nie, und die Platte, auf der er endlich Liebeslieder versammelte – *Tunnel of Love* –, die fand ich grauenhaft. Ich lebte im Teenage-Wasteland, und keiner holte mich raus. Nicht mal der Boss. Erst Anna gelang das.

Ich klaube das Herbstlaub vom Grab. Irgendwas muss ich immer erledigen bei meinen Besuchen hier, obwohl sich eine Gärtnerei um das Grab kümmert. Ich habe schon tausendmal versucht, mit meinem Vater zu sprechen, aber er antwortet nicht. Ich kann ihn auch nicht spüren, das macht mich fertig.

»Ich soll dich von Anna grüßen«, sage ich.

Bei der Kapelle stelle ich eine Gießkanne unter den Hahn. Das Trommeln des Wassers aufs leere Plastik dröhnt in meinem Kopf. Ich stapfe zurück und sehe eine Frau vor dem Grab stehen. Sie trägt eine Daunenjacke und hat ihr graues Haar zu einem Zopf geflochten.

Was sagt man denn nun auf Friedhöfen, verdammt?

»Guten Tag.«

»Oh, guten Tag«, sie macht mir Platz.

»Darf ich?« Ich drücke mich an ihr vorbei.

»Natürlich, entschuldigen Sie bitte.«

Planlos gieße ich Wasser auf das Grab. *Friedhofstouristen*, denke ich. Diese Marotte verstehe ich nicht. Für mich ist ein Friedhof kein Ausflugsziel, sondern ein Ort, an dem traurige Menschen einseitige Gespräche führen, im Idealfall ungestört, und ohne jemanden, der hinter ihnen steht.

Ich gehe in die Knie und öffne die Grablaterne. Wie jedes Jahr haben sich Ameisen hineingegraben, und die Gärtner gucken nie danach. Ich leere die Lampe mit der bloßen Hand. Die letzten paar Arbeiterinnen krabbeln meinen Arm hinauf. Sie sind es, die all die Zugänge zum Bau für den Winter verschließen werden. Am liebsten würde ich mich verwandeln und mit ihnen unter die Erde verschwinden. Eine Ameise erklimmt die Spitze meines Mittelfingers. Ich beobachte, wie das Tier weiter meinen Arm hinaufkrabbelt. Da merke ich, dass die Frau noch immer hinter mir steht.

»Kann ich Ihnen helfen?« Ich streiche mir über den Arm und lächle gezwungen. Entweder hält sie mich nun für schwachsinnig oder sie versteht die Botschaft.

Ohne ein Blinzeln mustert sie mich. »Du bist einer der König-Jungs, nicht wahr?«

Ich nicke.

»Aber nicht Karl, oder?«

»Tom.«

»Tom …« Sie blickt Richtung Kapelle, dann mustert sie mich erneut. »Du siehst genauso aus wie Robert.«

Das höre ich oft, wenn unsere Familie mit Menschen aus dieser mir fremden Vergangenheit zusammentrifft.

»Sie kannten meinen Vater?«

»Jeder im Dorf kannte deinen Vater.«

»Aha.« Ich klinge abweisend. Ich mag es nicht, wenn ich abweisend klinge. Leider kann ich oft nichts dagegen tun.

»Ich wohne aber schon lange nicht mehr hier.« Sie streckt mir die Hand entgegen. »Margarete Müller.«

Ich zeige ihr meine dreckverschmierten Finger, sie packt dennoch zu. »Tom. Tom König … Wenn Sie nicht mehr am See leben – was machen Sie hier?«

»Ich bin vor ein paar Tagen gekommen. Meine Mutter liegt im Sterben. Ich muss eine Grabstelle aussuchen.«

»Das tut mir leid.«

Wir schweigen eine Weile.

»Tom König, es hat mich gefreut, dich kennenzulernen.«

Ich hole Luft, aber sie hat sich bereits umgedreht und geht den Pfad zwischen den Grabstellen entlang. Dann guckt sie sich noch einmal zu mir und lächelt wie ein verliebtes Mädchen.

»Margarete Müller«, rufe ich. Mit einer Hand lenke ich, mit der anderen versuche ich das Telefon mit der Freisprecheinrichtung zu verkabeln.

»Ja, natürlich kenne ich die«, antwortet meine Mutter.

Ein lautes Krachen lässt den alten Lautsprecher scheppern. Ich drehe die Anlage leiser, um mir nicht noch das andere Ohr zu beschädigen. »Was war das denn?«

»Mein verrückter Nachbar fällt die Bäume in seinem Garten.«

»Darf der das?« Ich drehe den Lautsprecher wieder auf.

»Nein. Aber ich glaube nicht, dass die Bäume deswegen wieder aufstehen werden.«

»Da hast du wohl recht.«

»Jedenfalls: Margarete Müller. Weißt du, das halbe Dorf wollte deinen Vater heiraten. Sogar die Männer. Aber deshalb hast du doch nicht angerufen. Ist was passiert?«

In unserer Familie gilt die Abmachung, dass alles in Ordnung ist – solange man nicht anruft. Ich habe an dieser Abmachung nie gerüttelt, denn sie verheißt: Freiheit. Als Ben und ich schon mit achtzehn in Thailand und Laos und was weiß ich noch wo waren, konnte ich wochenlang in einsamen Buchten abhängen. Im Gegensatz zu Ben. Der musste jeden zweiten Tag auf irgendwelchen Jeeps ins nächste Dorf juckeln und anrufen, weil sich seine Mutter ihre Herztropfen sonst wohl gespritzt hätte. Wobei ich mir bei ein, zwei Gelegenheiten auch dachte, dass man sich mit Schlangengift in den Venen oder einem abgerissenen Bein ja auch nicht melden kann – obwohl die Situation dann alles andere als in Ordnung wäre.

»Ich glaube, ich fliege zu Charlie, Mama.«

Nichts als Knacksen in der Leitung.

»Dann komm vorher mal vorbei, ja?«, sagt meine Mutter. »Ich möchte euch etwas mitgeben.«

»Ist morgen okay?«

»Gut, Tommilein.«

Ich lege auf und wähle Charlies amerikanische Mobilnummer. Eine Frauenstimme meldet sich: *The person you are trying to call is temporarily not available.*

Mein Bruder schläft wahrscheinlich noch. Ich schaue auf die Uhr. An der Ostküste der USA ist es gerade mal neun Uhr morgens. Vielleicht sitzt Charlie aber auch schon auf seinem Surfbrett und wartet auf die erste gute Welle des Tages. Wie gerne ich zu ihm rauspaddeln würde. Surfen kann ich nicht, aber das Paddeln, das hatte mir Charlie inzwischen ganz gut beigebracht. »Für die mickrigen vier, fünf Tage, die du bisher auf dem Brett verbracht hast, ist das echt okay«, hat er gesagt, als ich das letzte Mal bei ihm gewesen bin.

Ich drehe das Radio auf und stöpsle mein iPhone ein. Ich scrolle durch die Interpreten, lande dann aber doch bei Bruce. »*Darkness on the Edge of Town*«, sage ich und drücke auf Play: *Well if she wants to see me, you can tell her that I'm easily found. Tell her there's a spot out 'neath Abram's Bridge. And tell her there's a darkness on the edge of town.*

Gerne würde ich behaupten können, dass mein Vater

ebenfalls Bruce Springsteen liebte – aber das ist mit großer Wahrscheinlichkeit nicht so gewesen. Er hat Charlie und mir zwar ein paar Platten hinterlassen, aber es war nichts Besonderes dabei, außer einer Originalpressung des *White Album*. Ich weiß nicht mal genau, ob ihm Rockmusik besonders viel bedeutete. Eine Weile lang habe ich erzählt, dass mich meine Eltern nach Tom Waits benannt hätten. Fast hätte ich die Geschichte irgendwann selbst geglaubt, bis meine Mutter und ich mal diesen neuen *Dracula*-Film von Francis Ford Coppola sahen und sie mich fragte, wer dieser hässliche Knilch in der Gummizelle sei.

Kein Tom Waits, kein Bruce Springsteen.

Für mich wurde trotzdem über die Jahre hinweg *Darkness on the Edge of Town* zu seinem Lied. Ich brauchte das wohl: ein Lied für meinen Vater. Dass es dieser wütende Song wurde, passt. *Darkness* handelt davon, dass der Mensch sich einschränkt und ein stinklangweiliges Leben führt, dort, wo es hell ist und heimelig. Am Ende schreit Bruce trotzdem, dass er in die Dunkelheit will, weil er nur dort finden kann, wonach er sucht.

Ich habe mir meinen Vater oft am Rande dieser Stadt vorgestellt, wie er mit uns Jungs und seiner Frau im Arm auf dem Grat wandelte zwischen Sicherheit und Wagemut, zwischen Tag und Nacht. Rockmusik verheißt Unsterblichkeit. Ein süßes aber giftiges Versprechen. Weil es niemand halten kann, und gerade junge Männer gerne darauf hereinfallen. Mir hat der Tod meines Vaters diese Illusion geraubt, bevor sie entstehen konnte.

Feiern. Feiern ist gut. Feiern hilft, wenn ich Anna vermisse, und das tue ich. Es hat immer geholfen. Ich habe mir irgendwas übergeworfen und bin in die Stadt gepilgert, wie der Anhänger einer längst vergessenen Religion. Habe mich in eine Eckkneipe voller Verlierer gequetscht, weil der Rum-Cola dort so stark wie nirgendwo anders ist und ich darauf hoffen konnte, niemanden zu treffen, der mich kennt. Ben ist wegen seiner komischen Sonderproben nicht mitgekommen, und ich bin seltsam froh über die Zeit für mich selbst unter diesen Pennern. Bin hinausgetorkelt. Habe auf den Boden geguckt, um meine knallroten Augen vor dem Türsteher zu verbergen. Meine Jacke in die Ecke gefeuert. Soll die Meute sie zertrampeln. Ab aufs Klo. Einen durchziehen. In die verkachelte Wand sind Monitore eingelassen, auf denen Pornos laufen. Eine Frau räkelt sich auf einer Wiese, ihre pinke Wäsche liegt rings um sie verstreut. Sie schiebt sich einen monströsen Gummipimmel in den Hintern. Als sie den Kopf zur Kamera dreht und mich direkt anguckt, stoße ich einen Schrei aus. »Woah.«

Der Klomann kommt herein. »Was für eine verdammte Scheiße läuft hier auf meinem verdammten Scheißhaus?«

»Jam Session!«, rufe ich.

»Verpiss dich!«, antwortet er.

Ich werfe einen Euro auf seinen Teller und torkle in die Menge. Hände recken sich bis unter die niedrige Decke des Clubs. Hunderte Gesichter lachen und schreien. Ich kenne keine Menschenseele. Der Boden: Siebzigerjahre-Disco-Schachbrett. Lichtblitze zucken durch die Dunkelheit und erhellen Grimassen. Einsamkeit. Treibender Bass. Neues Lied. Noch krasserer Bass. Kenn ich! Das kenn ich! Jubelnder Refrain. *I came for you!*

»Ey, das ist von Bruce!«, rufe ich in die Menge. »Der Song ist von Bruce!« Ich umarme einen wildfremden Typen neben mir und schlage ihm auf die Schulter. Komm, will ich ihm damit sagen, feier mit mir. Er guckt irritiert. Wird aggressiv. Schubst mich.

»Willst du 'nen Wodka?«

»Häh?«

»Wodka Bull?« Ich hasse das Zeug, aber es macht wach. Ich bringe dem Typen einfach einen mit. Er rührt den Drink nicht an. Drauf geschissen. Ich werfe mich in die Menge.

»I CAME FOR YOU!«, singe ich und sehe, dass eine junge Frau mit Sekretärinnenbrille und engem Glitzertop ebenfalls mitsingt. Hinter ihr tanzen zwei Mädchen im kleinen Schwarzen. Sie haben Pickel und tragen Krawatten.

»Das ist von Bruce«, rufe ich der Chefsekretärin zu.

»Disco Boys«, antwortet sie.

»Was für Boys?«

»Ist von den Disco Boys!«

»Disco Boys … Bullshit!«, schreie ich.

Sie zieht sich zurück in die Menge, wie ein Geist, der durch eine Wand verschwindet. Ich drehe mich sofort weg. Meine linke Hand fliegt nach vorne und zurück.

»I CAME FOR YOU! BAM! BAM! BAM! BAM!«

»Tom!«, ruft jemand hinter mir. »Tommi!«

Süße Einbildung. Süßes Getränk. Ich stürze den Inhalt meines Glases herunter. »Tom!«, rufe ich nun selbst, »Tommi!«, und tanze wie Stevie Wonder. Spüre Hände auf meiner Schulter. Finger in meinem Haar. Ich schaue über die linke Schulter und stelle scharf. Das T-Shirt kenne ich. Dieser Vogelschwarm im Schattenriss. Habe ich doch gerade erst entworfen. Kann man doch noch gar nicht kaufen. »Lena!«, rufe ich. »Lenalein! Lenchen!«

»Tommi!« Lena umarmt mich. Langes rotes Haar. Weiche Lippen auf meiner Backe. Mein Glas knallt auf den Discoboden. Ich blicke an mir herab und torkele einen halben Meter nach hinten. Durch die Scherben bricht sich das Licht im Rhythmus des Schachbretts. Es sieht schön aus.

»Schau nur, wie schön das aussieht!«

Unter meinen Sohlen knirscht es.

»Hey, Tom!« Eine kleine Blonde tritt hinter Lena hervor.

»Kerstin!«

»Alles klar bei dir?«, lallt Lena.

»Ja, super. Bisschen feiern.«

Kerstins Lippen bewegen sich, doch ich verstehe kein Wort.

»Was?« Ich beuge mich zu ihr hinunter.

»Bist du alleine hier?«

»Ja. Bisschen feiern. Super.«

»Wo ist denn Anna?«, fragt sie.

Keine zwei Sätze funktionieren mehr ohne Anna. Man wird vom Menschen zum Paar. *Zwei werden nicht zu einem*, höre ich Werner sagen. Er hat mal wieder recht. »Anna ist weg übers Wochenende. Fotografieren in Wiesbaden.«

Ich stolpere aus dem Club, als wäre ich geschubst worden. Lena, Kerstin und ich teilen uns ein Taxi. Die Lichter der Stadt rauschen an mir vorbei und vermischen sich zu einem dreckigen, verwischten Farbenreigen. Als der Wagen hält, drücke ich Kerstin den erstbesten Geldschein in die Hand, den ich in meiner verschwitzten Jeans finde.

»Bis Montag«, ruft Lena und küsst mich auf die Backe.

»Schlaf gut, Saufnase«, sagt Kerstin.

Ich blicke sie irritiert an. »So nennt mich Anna immer.«

»Wird schon wissen, warum«, sagt sie, drückt mir ebenfalls einen Kuss auf die Wange und legt dann ihren Kopf zurück auf Lenas Schulter.

Ich werfe die Taxitür zu und gehe Richtung Hauseingang, stürze aber noch mal zurück und schlage aufs Dach, um den Fahrer aufzuhalten.

»Ey, Junge, pass auf, sonst scheppert's«, sagt er.

»'Tschuldigung.«

»Was ist los?«, Lena signalisiert dem Fahrer, dass er warten soll.

»Lena, kommst du ein paar Tage allein klar im Büro?«

»Kein Problem – ist alles in Ordnung, sag mal?«

»Ja, ja, muss vielleicht ein paar Tage verreisen.«

Ich lasse Lena fragend blicken, sperre die Tür auf, nehme, mit meiner rechten Schulter an der Wand als Stütze, ein Stockwerk nach dem anderen und rühre mit dem Schlüssel in meiner Tür. Vergeblich. Ich hole mein Handy heraus und beleuchte das Klingelschild: *Meier*.

»Scheiße, der Meier«, zische ich.

Ich bin ein Stockwerk zu tief, taumele vor Schreck, nehme dann zwei Stufen gleichzeitig auf dem Weg eins höher. Unten öffnet sich die Tür.

»Wer ist da?« Meiers sonore Stimme dröhnt. Hier, im Dunkeln, fühle ich mich einigermaßen sicher. Doch er schaltet das Licht im Treppenhaus an. Genialer Zug. Muss man ihm lassen.

»König, wenn Sie das sind, dann gibt's wieder einen Brief an die Hausverwaltung. Das ist eine FRECH-HEIT!« Seine Stimme überschlägt sich und das R rollt, so, wie man es in seiner Generation noch vorgemacht bekam.

Ich kauere in der Ecke vor meiner Tür. Als Meier wieder abschließt, bleibe ich mit dem Kopf an die Wand gelehnt sitzen. Schließlich fühle ich mich sicher und versuche, die richtige Tür aufzukriegen.

In der Wohnung ist es eiskalt. Es ist immer eiskalt, wenn Anna nicht da ist. Ich verkrieche mich unter der Decke und drücke meinen Kopf ins Kissen. Endlich, geschafft. Ich verliere mich in einem Drehwurm. Plötzlich schrillen Telefone. Ich höre Ben lachen. Anna schreit »Kato!« und lacht dann ebenfalls. Stimmen vermischen sich zu einem Marktgebrabbel. Ich blicke mich um und sehe nichts außer unendliches Meer. Eine Welle rollt über mich hinweg und zieht mich vom Surfbrett. Ich drehe mich wie in einer Waschmaschine. Charlie schreit mir etwas entgegen, doch ich verstehe ihn nicht. Eine Sekunde lang ist alles ruhig, ich schwebe in einer zähen Flüssigkeit wie ein Fötus im Mutterleib. Von links brüllen kleine Kinder, es müssen Hunderte sein. Ihnen schrillen von rechts Telefone entgegen. Irgendwo dazwischen, weit weg, höre ich mein iPhone.

Langsam wird es lauter, bis das Chaos schließlich dem Klingelton weicht. Das Keyboard-Riff von *Born in the USA*. Ich starre auf das Display. Es ist Werners Nummer.

»Ja? Was?«

»Hi, my friend.«

»Werner?« Es ist Werner. Er verstellt zwar seine Stimme, spricht rauchig und kehlig wie ein Redneck, aber es ist unverkennbar Werner.

»No, it's Bruce.«

»Häh?« Ich richte mich auf.

»Bruce Springsteen.«

»Bruce ...« Ich spiele mit. »Oh, Bruce, klar.«

»Yes, Brother.«

Ich blicke noch mal aufs Handy, dann halte ich es wieder ans Ohr. »Bruce ...«

»I don't need to be reminded of my name.«

»Sorry.«

»Who's there?«

»Tom. This is Tom. Everybody calls me Tom.«

»Are you drunk?«

»Oh, yes.«

»Alright then, Tom. What can I do for you?«

»Bruce, I love my girl.«

»That's good.« Wow, Werner. Coole Antwort.

In meinem Zustand ist es mir zu anstrengend, Englisch zu sprechen. »Aber ich weiß nicht, wie es weitergehen soll in meinem Leben. Also mit uns. Mit allem. Und du hast irgendwie alles hingekriegt.«

Stille. Werner lacht Springsteens Kleinjungenlachen, das ich so mag. *Hihihihi.* Es wird nach hinten hin höher und geht immer direkt in den nächsten Satz über. Werner kann das richtig gut. »Hihihithat's right. And I can explain that.«

»Dann komm ich gleich vorbei, ja?«

»See you, brother. Good luck, goodbye.«

Ich lege auf.

Mitten in der Nacht vibriert mein Handy noch mal. *Anna*, denke ich, *endlich*, und krame das Telefon hervor. Auf dem Display aber steht *Charlie USA*.

»Charlie«, flüstere ich, als läge Anna neben mir.

»Ey Bruder, du hast angerufen. Ich war auf dem Wasser, und dann musste ich schnell zur Uni.«

Ich rapple mich auf. An Charlies Ende der Leitung rauscht der Atlantik. »Ich war heute bei Papa.«

»Warum flüsterst du denn? Bist du besoffen?«

»Voll, total voll, Charlie.«

»Ist alles in Ordnung?«

»Charlie?«

»Ja doch, hier bei der Arbeit.«

»Kann ich vorbeikommen?«

»Was?«

»Ob ich vorbeikommen kann?«

»Was ist denn das für 'ne Frage? Natürlich kannst du kommen.«

»Aber dann gleich«, sage ich. »Ich buch den nächsten Flug.«

»Ja, gut, super, überhaupt kein Problem. Aber … ist alles in Ordnung, sag mal?«

»Ja, alles gut.«

»Gib mir Bescheid. Ich freu mich riesig. Hier hat's noch zwanzig Grad. Wir gehen surfen. Verdammt, ich schmeiß 'ne Party, wenn du kommst.«

»Danke, Bruder.«

»Na klar.«

Ich lege auf und schwanke in der Küche auf den Laptop zu, der auf dem weißen Tisch vom Sperrmüll steht. Mit ein paar Klicks finde ich einen Flug nach Newark, New Jersey.

»Sechshundert Euro.« Ich mustere die Tomatenflecken über dem Herd. Müsste mal wieder putzen. »Drauf geschissen.«

Während ich meine Kreditkartennummer eingebe, summe ich *No Surrender.*

4. BORN TO RUN

»Der fuckin' Boss«, ich schlage die Augen auf. Wagners *Walkürenritt* dröhnt durch mein Schlafzimmer. Der alte Meier steht ein Stockwerk tiefer wahrscheinlich auf einer Trittleiter und drückt den Lautsprecher gegen die Decke. Ich fühle mich wie einer dieser kaputten Bullen in amerikanischen Filmen, die sich morgens eine 57er Magnum in den Mund schieben, sich dann aber doch entscheiden, mit Whiskey zu gurgeln, um schließlich die Welt zu retten.

Blick aufs Handy.

Es ist halb zehn. Um 17 Uhr geht der Flieger.

Da ich in manchen Dingen ein sehr strukturierter Mann bin, mache ich mir folgenden Plan:

1. Duschen
2. Reisepass
3. Packen
4. Ben Bescheid geben
5. Im Büro alles regeln
6. Bei Mama vorbeischauen

1. Duschen

Läuft einigermaßen glatt.

2. Reisepass

Unübersehbar lege ich meinen Pass auf das Tischchen bei der Wohnungstür. Dort kann ich ihn nicht vergessen. Das Tischchen, ein umfunktionierter Blumenständer aus weiß lackiertem Schmiedeeisen, ist das erste Möbelstück, das Anna und ich uns gemeinsam kauften. Es soll irgendwann in unserer gemeinsamen Wohnung stehen. Dieses *Irgendwann* rückt für sie offenbar schneller näher als für mich. Und ich verhalte mich wie ein Idiot, findet sie bestimmt. Keine SMS, kein Anruf.

3. Packen

Ich bin nur ein paar Tage unterwegs, und Charlies Sachen passen mir allesamt. Den Schmerz meiner Kindheit spüre ich noch immer. Seine Klamotten musste ich alle auftragen. Außerdem werde ich mir so oder so T-Shirts kaufen und die Rechnungen einreichen. Als T-Shirt-Designer wird man ja wohl mal gucken dürfen, was die Konkurrenz so treibt. Mit dem alten Weekender über der Schulter, stürze ich aus dem Haus. Das braune Leder ist ganz weich, wahrscheinlich noch weicher als damals, als mein Vater ihn auf den Rücksitz seines Mercedes schmiss und mit meiner Mutter übers Wochenende wegfuhr. Das *White Album* und der Weekender. Mehr habe ich nicht von ihm, ein paar Fotos noch. Und doch fühlt es sich so an, als besäße niemand anders auf der Welt solche Kostbarkeiten.

Zum Theater sind es nur ein paar Minuten durch den Park. Auf der Hälfte des Weges muss ich umkehren. Pass vergessen.

4. Ben Bescheid geben

Ich kaufe in einem dieser immergleichen Coffee-Läden einen Milchkaffee auf die Hand und laufe auf das Theatergebäude zu. Ben geht nicht ans Telefon, also probiere ich es beim Hinterausgang. Ich quetsche mich durch den Türspalt und folge leisen Stimmen. Mir kommt eine kleine rothaarige Frau mit einem Vogelnest auf dem Kopf entgegen. Sie lacht mich an und dreht sich einmal im Kreis, bevor sie sich verbeugt und auf schwarzen Ballerinas ums Eck trippelt. Vier weitere dieser elfenhaften Geschöpfe lehnen links und rechts an einem Durchgang, über dem *Bühne* steht. Sie heben alle gleichzeitig den Zeigefinger ihrer rechten Hand an den Mund: »Psst.«

Ich verschließe meinen Mund mit einem imaginären Reißverschluss, werfe einen imaginären Schlüssel weg und ziehe meine Schuhe aus. Ich sehe Ben, der hinter dem Durchgang mit dem Rücken zu uns sitzt. Vor ihm wirft eine Schreibtischlampe einen Lichtkegel auf den Text des Stücks. Als einer der Regieassistenten muss er meistens soufflieren.

Hinter dem Vorhang brüllt ein Mann panisch: »*Gott behüte dich, Zettel! Gott behüte dich. Du bist transferiert.*« Der Schauspieler stampft von der Bühne. In einem blauen Klempneroutfit läuft er an mir vorbei und zündet sich sofort eine Zigarette an. Wir nicken uns zu wie zwei Profis.

Dann eine Frauenstimme: »*Ich bitte dich, holder*

Sterblicher, sing noch einmal. Mein Ohr ist ganz verliebt in deine Melodie. Auch ist mein Auge betört von deiner lieblichen Gestalt. Gewaltig treibt mich deine schöne Tugend, beim ersten Blick dir zu gestehen, zu schwören, dass ich dich liebe.«

Was reden die denn da? Ich schleiche in Bens Richtung und stupse ihn an der Schulter. Er dreht sich um – doch das ist nicht Ben. Ich entschuldige mich wortlos bei dem Unbekannten.

»Was wollen Sie denn?«, flüstert der Mann, dessen Haarschnitt Ben anscheinend zu kopieren versucht. Er trägt eine gewaltige Brille und hat einen leichten Überbiss. Wenn ich Ben erzähle, dass ich die beiden verwechselt habe, beendet er wahrscheinlich unsere Freundschaft.

»Ist das der *Sommernachtstraum*?«, flüstere ich.

»Äh, ja«, sagt der Brillenträger und schaut mich an, so wie jemand jemanden eben anblickt, der sich selbst für einen Könner hält, den anderen jedoch für einen Anfänger.

Diese Theaterspacken, denke ich. Laut: »Entschuldigung, ich bin ein Freund von Ben Stadler. Ist er heute nicht da?«

»Klar ist er da. Er führt Regie.«

Der Mann deutet auf einen kleinen Schlitz im Vorhang. Ich blinzle hindurch und sehe Ben ganz allein im menschenleeren Saal sitzen. Er trägt seinen alten schwarzen Schlabberpulli. Ben steht auf und ruft: »Danke, noch mal von Anfang. Und geht's diesmal vielleicht auch lustig?«

»Er führt ... was?«, ich schließe das Guckloch wieder.

»Der Chef ist krank und hat gesagt, dass Ben erst mal weitermachen soll.«

»Ah, verstehe.« Das ist ja großartig. Warum hat mir das Ben nicht erzählt? »Können Sie ihm was von mir ausrichten?«

»Okay.« Der Mann wirkt abwesend und würdigt mich keines Blickes mehr, weil auf der Bühne wieder der Dialog begonnen hat.

»Sagen Sie ihm bitte: *Tom fährt jetzt zum Boss.*«

5. Im Büro alles regeln

Sonntags gehe ich gerne ins Büro. Das hat wohl etwas mit meinem Hang zu antizyklischem Verhalten zu tun. Außerdem trifft man hier an Sonntagen nicht so viele Arschgeigen. Die *TeeZee Shirt Manufaktur* belegt ein halbes Stockwerk eines Altbaus am Rande des Glockenbachviertels, wo die Isar durch die Stadt fließt. Wenn man an einem normalen Arbeitstag aus dem Fenster guckt, kann man Myriaden von Röhrenjeans-Trägern und Leggings-Mädchen beobachten. Martin und Martin, ein schwules Paar, hatten die Firma Ende der Neunziger gegründet und die Räumlichkeiten hier gefunden, als es noch mehr Pilskneipen und Wettstuben gab als Schokolade-Läden und WLan-Cafés. Innerhalb weniger Jahre zogen dann immer mehr Hipster zu. Es läuft ja schon immer so, man muss sich nur den Beginn von *Monaco Franze* anschauen. Und auch ich wollte zugegebenermaßen echt gerne hier arbeiten, als ich den beiden Martins meine Mappe schickte. Fünf, sechs Jahre ist das nun schon her.

Als der Großkonzern uns vor einem Jahr schluckte wie ein Pottwal eine Makrele, waren Martin und Martin gemachte Männer. Sie wanderten auf eine Insel der Seychellen aus. Dort bewohnen sie ein altes Kolonialhaus in einem Dschungeltal, in dem sich das Rauschen der Wellen fängt. Sie haben tantrischen Sex unter dem Moskitonetz und besitzen drei Schweine, die frei herumtollen wie junge Hunde. Kurz nach ihrem Abgang flogen die beiden sogar ein paar enge Exmitarbeiter auf ihre Kosten ein und veranstalteten eine drei Tage lange Drogenparty. Ein Traum.

Ihren Produktdesigner – also mich – stellten sie damals vor die Wahl: eine gute Abfindung oder ein Vertrag, der mich für die neuen Besitzer praktisch unkündbar machen würde. Ich wählte den Vertrag. Anscheinend habe ich damals zu wenig Bruce Springsteen gehört.

Ich halte meinen Geldbeutel an das Kartenlesegerät im Treppenhaus. Leise knackt es, ich öffne die Tür, schmeiße im Vorbeigehen die Kaffeemaschine an und fahre meinen Rechner hoch. Weil Lena mich vertreten wird, suche ich die wichtigsten Unterlagen zusammen und lege den Stapel auf ihren Tisch. Als ich mich an meinen Computer setze, knacke ich mit den Fingergelenken. »Okay, Herr Holler«, sage ich und beginne zu tippen. Holger Holler. Der neue Chef. Typ: geschleimte Haare, weißes Polohemd, Hornbrille, grüner Pulli über den Schultern, Segelschuhe. Wenn der Mann unter diesen Klamotten einfach explodieren würde, es fiele wohl kaum auf, so steif ist seine Uniform. Holler kam hier vor ein paar Monaten reinmarschiert, als gehöre ihm der Laden nun persönlich – und nicht den Aktienbesitzern. Schnell stellte er klar, dass er eigentlich alles scheiße findet, was *TeeZee* bis dahin fabriziert hat. Er rief alle Angestellten im Konferenzraum zusammen. An einer Stellwand hatte er ein paar von unseren alten Entwürfen aufgehängt.

»Okay Leute, hier wird sich einiges ändern. Das hier …«, er zeigte auf die Wand der Schande, »… ist old *TeeZee*! Ich will aber: new *TeeZee*.«

Ich räusperte mich. »Wenn Ihnen das alles nicht gefällt, warum haben Sie den Laden denn eigentlich gekauft?« Dann nippte ich an meinem Kaffee.

Seitdem kommunizieren Holler und ich nur noch per E-Mail. So auch an diesem Sonntag.

Von: König Tom
Datum: Sonntag, 1.11.2009, 13:31
An: Holler Holger
cc: Hartinger Lena
Betreff: Kurzfristiger Urlaub

Hallo Herr Holler,

aus persönlichen Gründen muss ich kurzfristig Urlaub einreichen. Es tut mir leid, dass ich Ihnen diese Mail an einem Sonntag schreibe, aber ich werde bereits heute Abend aufbrechen und bis mindestens Donnerstag nicht erreichbar sein.
Lena Hartinger wird mich vertreten. Alle Designs sind mit ihr besprochen, sie hat alle Zahlen und Ansprechpartner, alles läuft.

Tom König

Von: Holler Holger
Datum: Sonntag, 1.11.2009, 13:39
An: König Tom
cc: Vandegaard Ruud, Hartinger Lena
Betreff: Re: Kurzfristiger Urlaub

Herr König,

Wir können Ihnen zu diesem sensiblen Zeitpunkt der Restrukturierung von TeeZee keinen Urlaub gewähren.
Ich habe Herzogenaurach und Herrn Dr. Vandegaard verständigt. Die Geschäftsführung möchte gegenüber unseren neuen Investoren höchste Transparenz an den Tag legen.
Ich erwarte Sie Montag am Schreibtisch.

HH

Von: Hartinger Lena
Datum: Sonntag, 1.11.2009, 13:45
An: König, Tom
Betreff: WTF?

Tommi? Ist alles in Ordnung? Du warst vielleicht krass unterwegs gestern. Aber was auch immer du erledigen musst: Ich kümmere mich hier um alles.

xxx Lena xxx

PS: Warum hetzt dieser Typ gleich den ganzen Heuschreckenschwarm auf? Was ist nur aus unserem Laden geworden?

Ich schließe Lenas E-Mail und fahre den Computer herunter. Als ich bereits stehe, setze ich mich noch mal und öffne die unterste Schublade meines Rollcontainers. Ein Haufen Zeichenpapier liegt darin. Seit Holger Holler, »HH« wie er sich selbst nennt, das Sagen hat, habe ich meine besten Entwürfe zurückgehalten und in der Schublade gesammelt. Ich gönnte diesem Typen nichts, in das ich Herzblut gesteckt habe. Also lieferte ich ganz große Scheiße ab, und das konnte nicht mehr lange gut gehen. Martin und Martin hätte ich sofort die Shirts vorgelegt, die ich erst vor ein paar Wochen gezeichnet hatte: Man sieht den Schattenriss einer Person vom Kinn bis zur Lende. Einen amerikanischen Cop, einen Rastatypen, ein Mädchen mit aufgestützten Ellenbogen. Mein Favorit aber ist der Typ, der eine E-Gitarre vor dem Oberkörper hält – eine Telecaster übrigens, das war ich meinem Bruder Charlie schuldig, der sie als schwule Cowboygitarre diffamiert hatte. Erst als ich den Rocker mit der Tele fertig hatte, wurde mir bewusst, was ich da gezeichnet hatte. Es war im Grunde das Cover von *Born in the USA*. Ich lachte kurz auf ob dieser Erkenntnis. Lena fragte ein paar Schreibtische weiter, was los sei. Hier gäbe es doch nichts mehr zu lachen.

Ich hole mein Handy aus dem Weekender und antworte Lena per SMS auf ihre E-Mail: *Meine Liebe, danke fürs Kümmern! Bin jetzt nur noch per SMS zu erreichen. Soll das Arschloch seinen Scheiß doch allein machen. Und wann sagt dem endlich mal jemand, dass er nicht mit HH unterschreiben soll? Das heißt HEIL HITLER. Lg, Tom*

Ich gehe in meine Kontakte, scrolle bis *Holger Holler*,

schicke die SMS ab und stecke das Handy in die Tasche. Auf dem Weg die Treppe hinunter nehme ich zwei Stufen auf einmal, als ich beinahe stürze vor Schreck. Panisch krame ich nach meinem Telefon. Meine gespeicherten Kurznachrichten bestätigen: Das eben Geschriebene war tatsächlich an Holler gegangen. Da klingelt es auch schon. Ich schließe die Augen und gehe ran. »König?«

Holler faucht richtig los: »Sie meinen mich! Ich bin das Arschloch, oder? Heil Hitler, was?!«

Ich beiße so fest auf meine Unterlippe, wie ich kann. Mit all der Luft in meiner Lunge kommt ein deutliches »Ja, das war ich.« Heftiges Kopfschütteln meinerseits.

»Ich bin gerade im Zoo, verflucht. Was glauben Sie eigentlich …«

»… ich glaube, Sie sollten sich beruhigen. Es tut mir leid. Ich wollte Sie nicht beleidigen.« Zwischen mein Entsetzen mischt sich Belustigung darüber, dass Holler gerade im Zoo »Heil Hitler« geschrien hat.

»König.« Er spricht jetzt betont langsam. »Das klären wir am Montag mit der Geschäftsführung.«

»Das glaube ich nicht.«

»Wie bitte?«

»Glauben Sie, ich schreibe Ihnen freiwillig an einem Sonntag? Ich muss wirklich dringend verreisen.«

»König, wenn Sie Montag nicht am Platz sind, dann war's das für Sie.«

Ich lege auf, sage »Blöder Wichser« und vergewissere mich, dass ich auch tatsächlich aufgelegt habe.

Als ich wieder vor das Gebäude trete, erwische ich mich beim Summen. Anna sagt, ich würde vor allem summen, wenn ich aufgeregt sei. Aber bin ich das?

Anna sagt außerdem oft, dass der Weg, der sich am bedrohlichsten anfühlt, derjenige ist, den man einschlagen sollte. Sei Konsens unter Psychologen. Ich glaube, sie hat recht. Falsch abbiegen führt oft ans lohnendste Ziel.

Dum, Di-Dum-Dum-Dum, Dum-Dum-Dum.

Jetzt erkenne ich auch, was ich summe. *Born to Run.* Eigentlich ein Monster von einem Song, Dutzende Gitarrenspuren, Glockenspiel, eine Wand aus Sound, die wie das Chaos klingt, das wir alle erleben zwischen zwanzig und dreißig – komprimiert in ein paar Strophen. Es ist Springsteens Plädoyer, etwas Kühnes zu tun. Das Phantastische daran ist: Diese kühne Tat muss nicht mal eine epische Handlung sein. Im Text holt der Erzähler ein Mädchen namens Wendy ab, sagt ihr, sie solle ihre langen Beine in sein Auto schwingen, und dann geht es auch schon Richtung Highway. Ist doch fast das Gleiche, wie dem verhassten Chef per SMS mitzuteilen, dass er ein Arschloch ist, und dann in einen Flieger über den Atlantik zu steigen.

6. *Bei Mama vorbeischauen*

Zwischen der Stadt und dem Flughafen hält die S-Bahn drei Straßen entfernt von meinem Elternhaus. Elternhaus … wie soll ich es sonst nennen? Mutterhaus klingt komisch. Es ist jedenfalls das Haus, in dem Charlie und ich nach Vaters Tod aufwuchsen. Und seit ich denken kann, liegt im Vorgarten unter dem großen Blumenkübel aus Terrakotta ein Ersatzschlüssel. Es ist der Blumenkübel, unter dem ich als Erstes nachgucken würde, wenn ich ein Einbrecher wäre.

Ich schließe auf und rufe nach meiner Mutter. Sie ist

offenbar noch nicht da. Es erstaunt mich jedes Mal, wie viel kleiner das Haus im Lauf der Jahre geworden zu sein scheint. An den Wänden hängt kein einziges Bild von meinem Vater. Ich mache mir einen Kaffee, setze mich auf die Terrasse und blicke auf den Gartenzaun, über den ich immer kletterte, wenn ich abgehauen bin. Ich war berüchtigt dafür abzuhauen. Einmal lief ich quer über die Felder zum Freibad mit dem Fünfmeterturm. Es ist eine meiner ersten klaren Erinnerungen. Ich robbte unter dem Drehkreuz hindurch und lief zwischen den Badegästen auf den Turm zu.

Ich weiß nicht mehr, warum es mich immer wieder dort hinzog. Wahrscheinlich hatte Charlie sich über mich lustig gemacht, weil ich es nicht gewagt hatte zu springen. Ich weiß noch, dass ich auch an dem Nachmittag, als ich das erste Mal *Born in the USA* gehört hatte, zum Freibad lief. Entschlossen entledigte ich mich meiner Klamotten, stieg in meiner Unterhose die Leiter hoch und sprang einfach. Und habe nie jemandem davon erzählt.

Mein Blick schweift zum Nachbarhaus, ich erschrecke. Eine Tanne ist auf das Dach geknallt. Ihre Äste haben mehrere Fenster zerschlagen, die notdürftig mit Plastikplanen abgedeckt worden sind.

»Das ist passiert, nachdem wir gestern telefoniert haben.«

»Hallo, Mama.« Ich stehe auf und nehme meine Mutter in den Arm. Sie trägt ein weites Gewand, das im Nachmittagswind flattert. Sie wird langsam kleiner, anders kann ich mir nicht erklären, dass ich noch immer das Gefühl habe, in einer Wachstumsphase zu stecken, sobald ich sie treffe.

»Ist dem Meier was passiert?«, frage ich.

»Ich fürchte nicht.«

»Hey.«

»'Tschuldigung, aber der Kerl ist doch verrückt. Vergangene Woche kam er rüber und hat gefragt, ob er mir eine Gartenlaube bauen dürfe.«

»Ist doch ganz nett.«

»Ich weiß ganz genau, was der in dieser Gartenlaube mit mir anstellen will.«

»Keine Details, bitte. Und übrigens habe ich auch einen verrückten Nachbarn namens Meier. Der pfeift immer das Horst-Wessel-Lied. Also beschwer dich nicht.«

»Gut, ein Nazi ist mein Meier nicht.«

Wir setzen uns an den Gartentisch. Mutter blinzelt und kneift ihr linkes Auge zu. Ihr kurzes dunkelblondes Haar ist ganz zerstrubbelt. »Wann fliegst du?«

»Ich muss gleich los.«

»Wie geht es Karl?«

»Gut, glaube ich.«

Mutter greift in ihre schwarze Handtasche, zieht eine Plastiktüte heraus und gibt sie mir. Ich öffne den Beutel und sehe zwei CD-Hüllen.

»Wollte ich eigentlich noch hübscher gestalten. Tut mir leid.« Mit Edding hat sie eine Disc mit *Ben*, die andere mit *Karl* beschriftet. Unter den Namen steht *Juli 1980*. »Es ist auf beiden das Gleiche drauf. Ich will, dass Karl und du das gemeinsam anseht. Kriegst du das hin?«

»Na klar.«

»Gut.«

»Aber bevor ich losfahre, musst du mir noch verraten, wer Margarete Müller ist.«

Mutter richtet sich auf, schlägt die Beine übereinander und greift erneut in die Tasche. Diesmal wühlt sie, bis sie alles gefunden hat. Mit einem Streichholz zündet sie eine Marlboro Menthol 100 an. Sie raucht nur noch selten.

Mutter pustet den Rauch in die Luft. Er ist noch dicht und blau. Mama pafft. »Margarete Müller war mit deinem Vater verlobt, als wir uns kennenlernten.«

Sie lässt diese Bombe prompt los, mit einer Nüchternheit, die ich von ihr nicht kannte.

5. BLOOD BROTHERS

Ich liebe Amerika.

Plötzlich fühle ich mich frei. Vier Bier, zwei Gin Tonic und eine Schlaftablette aus Vietnam haben mich über den Atlantik geschossen, und irgendwo auf dem Weg war etwas von mir abgefallen und in den stockfinsteren Ozean geplumpst. Mein Blut fließt wieder, und ich spüre meine Venen. Eigentlich sollte ich Anna schrecklich vermissen, doch ich bin auf komische Weise froh, dass ich allein in der Schlange vor der US-Einwanderungsbehörde stehe. Mein Telefon rappelt. *Anna*, denke ich zunächst, doch die SMS ist von Ben: *Grüß den Boss von mir! Und sag dem Arsch, er soll endlich* Thunder Road *spielen!*

Ich antworte: *Bin stolz auf dich, Shakespeare.*

Ein Latino in Uniform bedeutet mir, das Handy wegzustecken. Klar Sir, kein Ding. Ich mag diese dicken, meist schwarzen Grenzbeamten, die sich verspiegelte Pilotenbrillen in ihr krauses Haar stecken. Ich mag es, wie sie Chinesen mit toten Hühnern im Karton die Formulare erklären und erläutern, wie die Zahl 7 in Amerika auszusehen habe. Wie eine deutsche 1 nämlich. Auch die Beamten am Schalter sind nicht so unfreundlich, wie ihnen nachgesagt wird. Wenn man es genau nimmt, dann stellen sie die offensten Fragen der Welt:

»Was ist der Grund Ihres Aufenthalts in den Vereinigten Staaten von Amerika?«

Ich habe ein gewaltiges Exemplar von Grenzbeamter erwischt. *James C. Newton* steht auf dem bronzefarbenen Namensschild. In seinem Haar steckt jedoch keine Sonnenbrille, wovon ich ein wenig enttäuscht bin.

»Urlaub, Sir«, sage ich.

»Wo werden Sie sich aufhalten?«

»Bei meinem Bruder in Princeton.«

»Was macht Ihr Bruder in Princeton?«

»Er ist Dozent für Deutsche Literatur.«

»Wow, Goethe and stuff, hah?«

»Genau. Toll, dass Sie Goethe kennen!« Ich bezweifle, dass auch nur ein deutscher Grenzbeamter jemals von Tennessee Williams gehört hat.

»Warum bleiben Sie nur vier Tage lang?«

»Hab nicht mehr Zeit.«

Er mustert mich eingehend und sagt: »Welcome to the United States.« Der Beamte stempelt eine Seite im Pass, tackert das Ausreiseformular hinein und vollführt dann diesen bestimmten Handgriff, mit dem diese Männer den Pass zuklappen, ihn in der Luft drehen und in der gleichen Bewegung wieder aushändigen. Verdammte Profis.

Nach einer gefühlten halben Stunde setzt sich das Kofferband in Bewegung, auf das die Passagiere meines Flugs mit roten Augen starren. Nach einer weiteren halben Stunde kommt der erste Koffer. Meiner ist wie immer der letzte. Aber das behauptet ja jeder.

Als ich aus dem Flughafengebäude trete, kann ich das Meer riechen. Ein paar ergraute, schwarze Taxifahrer stehen zusammen, rauchen und prusten ihr Bill-Cosby-Lachen. Als links von mir eine Fehlzündung knallt, reißen sie ihre Köpfe herum. Dem Knall folgt ein lahmes Hupen wie das Ächzen eines Ackergauls, der zum letzten Mal zusammenklappt. Charlie hatte mir von seinem 72er Chevy Pick-up erzählt, der bald auseinanderfalle, aber ein Dutzend Surfbretter fasse. Ich muss lachen, als der Wagen, der wohl mal rot war, vor mir hält. Charlie steigt aus, eilt um den Truck herum und breitet seine Arme aus. Er trägt Flip-Flops, eine kurze Cargohose und ein weißes Unterhemd. Er sieht aus wie einer aus *Gefährliche Brandung*, nur seine Haare müsste er noch wachsen lassen. Ich packe ihn und drücke ihm einen Kuss auf die Wange.

»Gut dich zu sehen, Bruder«, sagt er.

»Du bist ja knallbraun, du Arsch«, erwidere ich.

»Es war ein guter Sommer.« Charlie wirft meine Tasche auf die Ladefläche, wo sie zwischen abgewetzten Neoprenanzügen und Surfwachs in Butterpapier landet.

»Wird dir der Kram nicht geklaut, wenn dein Auto in Princeton herumsteht?«, frage ich beim Einsteigen.

Charlie betätigt mit Gewalt den Automatikhebel links am Lenkrad. »Wir fahren nicht nach Princeton.«

Wir biegen auf den Highway ein. Charlie dreht am Knopf des alten Autoradios. Ein dünner roter Zeiger wandert von links nach rechts die Frequenzen ab. Charlie findet den Sender, nach dem er gesucht hat, aber noch überlagern atmosphärische Störungen die Musik. Ich höre nur, dass es sich um laute Gitarren handelt.

»95.9 RAT. Hier läuft den ganzen Tag Hardrock. Ohne Werbung. Keine Ahnung, wie die das machen«, sagt er und bietet mir einen Kaugummi an. Ich hätte auch einen Bruder erwischen können, der Abba hört, denke ich mir still, und greife mir ein Wrigley's.

Aus dem Fenster beobachte ich die untergehende Sonne, grüne Highwayschilder, den dicht bewucherten Straßenrand, alte Industrietürme. Wir fahren über eines dieser bizarren Autobahngeflechte, die in Katastrophenfilmen immer von Erdbeben zerstört werden und beim Einsturz mit Autos um sich werfen wie Dreijährige mit Legosteinen. Als wir auf den New Jersey Turnpike biegen, die größte Autobahn des Staates, hat die Musik das Rauschen besiegt.

»Oh nein. Bon Jovi«, sage ich. »Die spielen bestimmt noch Alice Cooper.«

Charlie grölt: »*Yeah, we're half way there!*«

Ich antworte müde: »*Oh! Oh! Livin' on a Prayer*«, und gucke auf den Boden vor Scham. In meinem Fußraum liegt ein Lehrbuch: *German Poets for Dummies* by Karl König.

Das Cover zeigt das berühmte Bild von Goethe mit seinem schräg sitzenden Hut, darunter in einer Reihe versammelt: Schiller, Lessing, glaube ich, und dann noch zwei Typen, die ich noch nie gesehen habe. »Dein Buch ist schon raus? Glückwunsch, Bruder!«

Ganz unten am Rand des Covers, das an einen *Was ist Was*-Band erinnert, steht: *Edited by R. Aldrich.*

Charlie nickt zur Musik – inzwischen läuft tatsächlich *Poison* von Alice Cooper – und lacht: »Kannst du Ben mitbringen. Wie läuft's bei ihm?«

»Du, ganz gut, glaube ich.«

»Hat er sich mal entspannt, Fabius Ben Maximus Cunctator, der alte Zauberer.«

»Was?«

»Nicht so wichtig.«

»Ich musste zum Flughafen, aber ich glaube, er hat tatsächlich Regie im Parktheater geführt.«

»Ja. *Ein Sommernachtstraum*, oder? Er hat neulich angerufen und um Rat gefragt deswegen.«

»Aha. Mir hat er kein Sterbenswort erzählt.«

»Tom, du weißt selber, wie du manchmal drauf bist. Ist nicht immer einfach mit dir.«

»Was soll'n das heißen?«

»Dass du Bens Theaterkarriere nicht ernst nimmst.«

An uns rauscht ein riesiger Lastwagen vorbei, Achse um Achse, seine Reifen sirren auf der Straße, die noch feucht ist von einem Schauer. Charlie fährt ganz rechts und so langsam, wie es sein alter Pick-up fordert.

»Vielleicht hast du recht.«

»Ben macht das schon.«

»Du aber auch. Das hätte dir mal jemand erzählen sollen, als du zwanzig warst, dass du hier landen würdest«, sage ich mit Blick auf die untergehende Sonne.

»Fuck, ja«, sagt er und schaut zu mir rüber. Er ist fast wieder der Alte, finde ich.

Das monotone Motorengeräusch des Pick-ups schläfert mich beinahe ein. Dieser verdammte Jetlag. »Verrätst du mir endlich, wo du mich hinbringst?«

Doch Charlie bleibt hart und sagt nichts.

Ausgerechnet der große Streit zwischen meiner Mutter und Charlie hatte uns wieder zusammengeschweißt. Uns Brüder, die wir eine Weile verfeindet waren, wie die Supermächte im Kalten Krieg. Eines Tages schloss ich die Tür auf und merkte sofort, dass in der Küche dicke Luft war. Bei uns zu Hause wurde selten gestritten. Wir waren nach dem Tod meines Vaters eine verschworene Gemeinschaft geworden. Nicht unbedingt wir zwei Brüder, aber wir drei als Gesamtheit. Ärger in dieser Gemeinschaft gab es nur, wenn von außen jemand eindrang. Dann aber eigentlich immer. Seien es Männer gewesen, die unsere Mutter umschwärmten, oder aber Mädchen, in die wir Söhne uns verliebt hatten.

Tina ist Charlies ganz große Liebe gewesen. Er hatte sie getroffen, kurz nachdem er mit der Party zu seinem Achtzehnten unser Haus verwüstet hatte – was zur Folge hatte, dass ich von nun an immer Räume anmieten musste, die dann ebenfalls verwüstet wurden. Meine Mutter hatte also recht mit dieser Maßnahme.

Ihr Misstrauen gegenüber Tina konnte sie von Anfang an nicht verbergen oder zumindest verhindern, dass Streit deswegen ausbrach. Und so zog Charlie aus. Hals über Kopf. Ich kam von einer Wanderfahrt mit der Schule nach Hause, und weg war er. In seinem Zimmer schwebten Spinnweben, die zuvor von seinen Iron-Maiden-Postern verborgen worden waren. Mama machte zunächst auf cool, als ich nach Hause kam. Sie stand in der Küche und hatte sich noch schnell eine Zwiebel auf ein Brett gelegt und angefangen zu schneiden.

»Wo ist denn Charlie?«, fragte ich.

»Karl ist weg.«

»Habt ihr euch gestritten?«

»Er muss seinen Weg alleine finden«, sagte sie.

»Alleine?« Dieses Wort hatte es bei uns nie gegeben. Als ich von hinten sah, wie sich meine Mutter mit ihrer Schürze Tränen aus dem Augenwinkel wischte, umarmte ich sie.

»Nur die Zwiebel«, sagte sie. »Nur die Zwiebel.«

Tina und Charlie hatten sich eine Wohnung in der Stadt genommen. Ich war stinksauer auf ihn. Wie konnte er einfach abhauen? Und wie konnte meine Mutter so undiplomatisch sein, ja, so blöd? Ich mochte Tina auch nicht besonders, aber sie war doch kein Grund durchzudrehen. Ich gab meinem Bruder ein bisschen Zeit, ich dachte, alle müssten sich jetzt mal beruhigen. Aber die Wochen vergingen, und wir hörten nichts voneinander. Immer wieder rief ich bei ihm an, doch ich hörte nur diese dusselige Ansage auf ihrem gemeinsamen Anrufbeantworter: *Hallo!* (das sagten beide zusammen), *hier sind Tina* (das sagte Tina) *und Karl* (das sagte er), (ab jetzt wieder beide zusammen:) *Wir sind gerade nicht zu Hause, aber wir freuen uns über eine Nachricht nach dem …*« Und dann machte es *Piiiep*. Das passte auch überhaupt nicht zu ihm. Niemand, der Judas Priest hört, baut das *Piiiep* in seine Ansage ein. Seltsame Verhaltensweisen legen ja viele Freunde und Freundinnen an den Tag, wenn sie plötzlich ihre gesamte Zeit mit jemand anderem verbringen. Aber doch nicht Charlie.

Ich grübelte, wie ich ihn erreichen könnte, und wieder einmal half mir der Boss, aber dieses Mal ganz konkret. Kurz bevor *Born in the USA* erschien, war Springsteens engster Freund, der Gitarrist Steven Van Zandt, aus der Band ausgestiegen und auf obskuren Solo-Tourneen in Afrika verschollen. Was machte Bruce? Er schrieb einen Song, in dem er – kaum verschlüsselt – seinem Kumpel eine Nachricht übermittelte.

Ich rief Georg an, einen von Charlies alten Freunden, der eine Hardrock-Sendung im Lokalradio moderierte. Sein Spitzname und so auch der Titel seiner Show, war *Der Moshprof*. Und ich glaube, er sendet sogar heute noch – wurde allerdings auf Sonntagvormittag verbannt. Charlie verpasste diese Stunde im Radio nie. So wie andere Leute *Sportschau* gucken oder *Lindenstraße*, saß er jeden Dienstagabend auf seinem Sofa und ließ sich von Georg ins Reich dieser fast vergessenen Musikrichtung entführen. Selbst, wenn wir drei im Urlaub waren, saß er abends am Tisch und drehte so lange an den Knöpfen seines Weltempfängers, bis er ein paar Fetzen der Musik erwischte oder aber die Stunde Sendezeit abgelaufen war. Meiner Mutter war das peinlich, aber wenn ein Kellner etwas sagte, erwiderte sie, er solle sich um seinen eigenen Dreck kümmern.

Kurz vor der Sendung bekam ich Georg im Funkhaus tatsächlich ans Telefon.

»Schorsch? Hallo, hier ist Tom.«

»Wer?«

»Charlies kleiner Bruder.«

»Was kann ich für dich tun, Charlies kleiner Bruder?«, er klang geschäftig.

»Kannst du einen Song für mich spielen und Charlie von mir grüßen?«

»Kommt drauf an. Um welchen Song geht's?«

»*Bobby Jean.*«

»Michael Jackson … Lass mich kurz überlegen … Nein!«

»Nicht *Billie Jean*. *Bobby Jean*. Bruce Springsteen. Der Boss, weißt schon.«

»Springsteen beim *Moshprof*? Da kann ich ja gleich …«

»… Meat Loaf spielen?«

»Zum Beispiel.«

»Spiel den Song einfach, ja? Und spiel ihn bis zum Ende.«

Georg maulte noch, weil er runter ins Archiv müsse, um die Platte herauszukramen.

Ich saß vorm Radio und quälte mich durch die Sendung, bis die Ansage kam:

»Und hier ein Song, den ich auf Wunsch eines alten Freundes spiele. Charlie, das ist von deinem Bruder Tom. Er freut sich, wenn ihr euch bald wiederseht. Du sollst dich melden, er sitzt am Telefon nach der Sendung. Und in eigener Sache: Liebe Heavy-Fans, schaltet nicht ab! Danach spiel ich was von Slayer.«

Na ja, rührend war die Ansage nicht gerade, aber ich saß vorm Radio und drückte die Daumen, dass Charlie zuhörte. Bei der dritten Strophe standen mir dann Tränen in den Augen. *Maybe you'll be out there on that road somewhere, in some bus or train traveling along, in some motel room there'll be a radio playing and you'll hear me sing this song.*

Und dann singt Bruce die vier Worte auf die es ihm ankommt: *I miss you, babe* und verabschiedet sich schon mal, weil er wohl nicht damit rechnet, je wieder von seinem Freund zu hören: *Goodluck, good bye, Bobby Jean.*

Georg würgte das Saxofonsolo ab, das war zu viel für ihn, und blendete in etwas über, das wohl von Slayer war – aber das nahm ich ihm nicht krumm. Es hatte auch so geklappt. Ein paar Minuten später rief Charlie bei uns zu Hause an.

»Hey, du Spinner. Ist Mom da?«

»Nein.«

Und dann redeten und redeten wir.

Wahrscheinlich hatte unsere Mutter gedacht, die Sache mit Tina würde sich wieder geben, so wie es üblicherweise bei uns ablief. Dieses Mal lief es nicht so. Zwei, drei Jahre später heirateten Charlie und Tina, und meine Mutter verbrachte den Hochzeitstag mit einem Lächeln, das angeklebt wirkte wie ein falscher Bart. Vielleicht hatte sie das Gefühl, erneut jemanden zu verlieren und hatte sich in der Unerträglichkeit der Situation verrannt.

»Mama«, sagte Karl bei einem seiner wenigen Besuche und entschied sich offenbar in diesem Moment, vollendete Tatsachen zu schaffen. »Tina und ich gehen eine Weile fort.«

Unsere Mutter ließ den Kochlöffel in die Pfanne fallen, drehte sich aber zunächst nicht um.

»Wohin denn?«, fragte ich.

»Tina hat den Lehrauftrag bekommen.«

»Ihr geht nach Princeton?«

»Genau.«

»Krass.«

»Und du?« Mama klang hysterisch. »Was wird aus dir?«

Sie war überzeugt, dass ihr Karl sich aufgab für eine Frau, die es nicht wert war – und ich konnte ihr nicht widersprechen. Charlie war immer stark gewesen, immer einer der Besten. Beim Sport, in der Musik, in der Schule. Nicht nur Ben bewunderte ihn. Doch nun versteckte sich Charlie hinter dieser Frau, fand Mutter. Das konnte sie nicht ertragen.

»Dein Vater würde das nicht gut finden«, sagte sie.

Ich erschrak. Diese Karte hatte sie nie gezogen. Wir sprachen ja sowieso kaum über ihn.

»Jetzt packst du ihn also aus …«, sagte Charlie ganz ruhig und mit Verachtung in der Stimme.

»Karl…« Mutter wirkte brüskiert.

»Was würde er denn gut finden? Sag es mir!«

Ich ertrug das nicht, lief nach oben und drehte das Radio auf. Irgendetwas von Starship lief, was die Situation nicht besser machte.

Wochen später trommelte Springsteen die E Street Band zusammen, sogar Steven Van Zandt erschien. Es kam nur ein ziemlich nutzloses *Greatest Hits*-Album dabei heraus, aber immerhin spielten sie auch ein paar neue Songs ein, unter anderem einen, den ich Charlie in Endlosschleife aufnahm: *Blood Brothers*. Ich schenkte ihm das Tape, als ich ihm dabei half, die Kartons zu packen, die auf einem Container über den Atlantik verschifft werden würden.

»Kommst du bald über den Teich und besuchst mich, Bruder?«

Ich nickte.

Als ich ihn ein paar Monate später tatsächlich das erste Mal in New Jersey besuchte, war er in eine winzige Wohnung gezogen, weil Tina ihn sitzen gelassen hatte. Sie war einfach verschwunden, ohne ihm je zu erklären, warum.

Es ist inzwischen dunkel geworden, und wir sind an der Küste angelangt. Ich bin unruhig. Das hier ist Springsteen-Land. Irgendwo hier steht sein Strandhaus, und landeinwärts befindet sich die Farm, auf der er seine Platten aufnimmt. An einem der Holzhäuser, deren Pracht man in der Dunkelheit nur erahnen kann, hält Charlie und stellt den Wagen ab. Das Motorengeräusch fällt jämmerlich in sich zusammen.

»Was machen wir hier?«, frage ich nervös.

»Steig erst mal aus.«

Als ich die Tür des Trucks aufwuchte, schlägt mir salzige Luft ins Gesicht. Das Meer tost, als würde es gleich über uns hinwegschwappen. Charlie drückt den Knopf einer Fernbedienung, die in der Ablage der Fahrertür liegt. Im Garten des Hauses springen Lichter an, von denen die Fassade in schummriges Licht getaucht wird. Das Stahlgitter der Garage öffnet sich leise ratternd.

»Willkommen im Strandhaus von Professor Aldrich«, sagt Charlie.

»Den Namen kenne ich doch.« Ich gehe zurück zum Auto und schaue noch mal auf das erste Buch meines Bruders. Richtig: *Edited by R. Aldrich.* »Und wo ist dieser Professor Aldrich?«

»Sie kommt in zehn Tagen aus Hongkong zurück. Bis dahin passe ich auf ihr Haus auf.«

Ich kneife die Augen zusammen und laufe in die Dunkelheit. Fast stolpere ich über einen großen Gegenstand aus weißem Kunststoff. »Das nennst du *aufpassen*?« Ich stelle mich mit ausgebreiteten Armen auf ein Surfboard.

Charlie öffnet den Kühlschrank in der Garage und

wirft mir eine Bierdose zu, die ich mit der rechten Hand fange. »Wie lange bleibst du eigentlich?«

»Nur ein paar Tage, leider. Freitag geht mein Rückflug.«

Charlie zeigt mir das Haus. Ein Ecksofa aus beigem Stoff steht auf Holzdielen, die den Boden im gesamten Erdgeschoss wirken lassen wie ein Schiffsdeck. In einer Wand aus grobem Stein ist ein Kamin eingelassen, in dem verkohlte Scheite liegen. In der zum Wohnzimmer offenen Küche brennt ein Licht unter der silbernen Abzugshaube. Es beleuchtet eine Kochinsel mit Gasherd. Alte Pfannen hängen in einem Halbkreis. Ein leises metallisches Keuchen lässt mich aufhorchen. »Was ist das denn für ein Geräusch?«, ich gehe um die Kochinsel herum. Auf dem Boden sitzt eine graue Katze mit Doppelkinn. In einer jämmerlichen Körperhaltung versucht sie offenbar abzuhusten.

»Das ist Yoda«, sagt Charlie. »Er ist erkältet.«

»Wieder gesund du bald wirst«, sage ich.

Mit Vaters Ledertasche über seiner Schulter geht Charlie hoch in den ersten Stock und nimmt eine weitere Treppe ins Dachgeschoss. Sie endet mitten in einem hellen Raum, durch den sich Dachbalken ziehen. Die Seite zum Ozean ist komplett verglast. Vor einem alten Ohrensessel steht ein kupfernes Fernrohr. Dieser Raum muss mal ein Kinderzimmer gewesen sein, das die Professorin mit Nippes umdekoriert hat, so wie es Eltern nun mal tun, wenn die Kinder aus dem Haus sind. Die Schlafcouch ist bereits aufgeklappt.

»Wow«, staune ich. »Und wo pennst du?«

»Im ersten Stock.«

»Sag mal, Charles …«

Er dreht sich auf der Treppe um.

»Deine Professorin, wie heißt sie noch? Aldrich?«

»Ja.«

»Vögelst du die?«

»Das tut jetzt nichts zur Sache.«

Ich falle ins Bett, als hätte man mir in den Nacken geschossen. Die Matratze des Schlafsofas federt ein paar Mal nach. *Krass*, denke ich in mein Kopfkissen. *Was machst du eigentlich hier?* Ich setze mir die Kopfhörer auf und schalte *Downbound Train* ein. Mein Kopf schwirrt. Springsteens traurigster Song, vielleicht bringt der mich runter.

Als ich noch nicht mit Anna zusammen war, habe ich nicht auf meine Träume geachtet. Habe ich jemals von meinem Vater geträumt? Keine Ahnung. Jedenfalls nicht, seitdem ich darauf achte, was nachts mit mir passiert. Manchmal beginnen meine Träume, bevor ich richtig einschlafe. Ah. Geht schon los.

Ich verlasse mein Büro bei *TeeZee*. Holler steht hinter einer Glasscheibe und brüllt. Ich kann kein Wort verstehen. Er gestikuliert wild und deutet mit der Handkante an seinem Hals an, dass er mir die Kehle durchschneiden will. Ich drehe mich um, ziehe meine Hose herunter und präsentiere ihm meine nackten Arschbacken. Jetzt dreht Holler durch. Er rennt mit einem *Rumms!* gegen die Scheibe. Das Fett seiner Gesichtshaut verschmiert das Glas. Sabberfäden hängen von seiner Unterlippe. Ich werfe zehn Euro in seine Richtung, die – ziemlich cool – an der Scheibe hängen bleiben.

»Aber verdumm's nicht«, rufe ich und zeige ihm

mit gefletschten Zähnen den Stinkefinger wie Johnny Cash.

Auf der menschenleeren Straße streife ich meine Klamotten ab. Darunter kommt ein Blaumann zum Vorschein. Auf der Brust prangt der Schriftzug *Ben's Car Wash*, daneben ist ein kleiner Aufnäher eingestickt, auf dem mit verschnörkelter Fifties-Schrift *Tom* steht. Ich laufe zielstrebig auf eine Waschstraße zu. Ben steht im Inneren zwischen riesenhaften grünen Bürsten. Er trägt ebenfalls den Blaumann. Von der Decke fallen große Tropfen herunter und explodieren in kleinen blauen Feuern in seinem Gesicht.

»Hier gibt's nur Regen, Tom, den ganzen Tag nichts als Regen.«

Mich befällt Panik. Ich renne im Blaumann, ich renne und renne, bis ich vor einem kleinen Haus auf einem weiten, kahlen Feld stehe. Ich stoße die Tür auf. Anna sitzt in einem Blümchenkleid mit dem Rücken zu mir an einem Holztisch, von dem der weiße Lack abblättert. Die Küche besteht aus einzelnen altmodischen Gerätschaften aus Emaille, jedes in einem anderen Farbton. Vor dem Fenster hängen Pfannen, die, von der Zugluft bewegt, aneinanderstoßen.

»Tom, ich muss gehen. Früher, da war etwas zwischen uns. Aber jetzt ist da nichts mehr.« Sie nimmt ihren abgewetzten Lederkoffer und läuft an mir vorbei. Ich halte sie am Unterarm fest. »Ich habe ein Zugticket. Lass mich durch!« Sie reißt sich los.

Ich bleibe alleine in der Hütte zurück. In der Ferne hallt das Pfeifen eines Zugs über die weiten Felder. Ich falle auf die Knie, halte meinen Kopf zwischen den Händen und fange bitterlich an zu weinen.

Im Morgengrauen weckt mich das Rauschen des Atlantiks. Charlie hatte mir noch gezeigt, wie man die kleinen Seitenluken an der Fensterfront kippt. Nachts waren mir die Kopfhörer herausgefallen. Ich halte einen der beiden ans Ohr. Noch immer *Downbound Train*. Es lief in Endlosschleife.

»Was für eine Nacht.«

Ich schlüpfe in Jeans und Pulli und öffne die Haustür. Direkt vor dem Haus verläuft eine schmale, kaum befahrene Küstenstraße. Das Rauschen einer größeren Straße verhallt kaum hörbar landeinwärts. Ich gehe über den Rasen und die Straße, mache noch einen Schritt und stehe am Strand. Auf der Düne hält sich ein windschiefer Holzzaun, dessen weiße Farbe abblättert. Am Himmel stehen die Wolken hoch und werden vom Passat verwischt wie Fingerabdrücke auf einem Weinglas. Ich ziehe meine Schuhe aus und wandere Richtung Brandung. Links und rechts fliehen Strandläufer vor mir und picken erst in sicherer Entfernung weiter. Dann stehe ich bis zu den Knöcheln im Wasser. Der große Tanker, der die Küste entlangdümpelt, verschwimmt vor meinen Augen, so erbärmlich kalt ist die See.

»So geht's, oder?«, fragt Charlie hinter mir und wirft ein Brett in den Sand.

»Wie, du gehst da jetzt rein?«

»Klar, jeden Morgen. Und das hier ist dein Board, Bruderherz.«

»Nein, nein. Nein.«

»Hab dich nicht so. Das sind Anfängerwellen. Ideal. Mit dem Paddeln ging es doch schon ganz gut beim letzten Mal.«

In der Garage zwänge ich mich in einen alten Neoprenanzug, den Charlie noch von unserem Vater hat. Papa war Windsurfer, und seine Ausrüstung aus den Siebzigern ist gar nicht mal schlecht. Meine Angst zu erfrieren ist inzwischen jedenfalls unbegründet. Mit Charlies Zweitbrett unterm Arm laufe ich über den kühlen Sand. Mein Bruder wartet in der Brandung auf mich. Charlie winkt und ruft etwas, das ich nicht verstehe. »Ach, scheiß drauf«, ich renne direkt an ihm vorbei ins Meer, werfe mich aufs Brett und fange aus Respekt vor der Kälte sofort an zu paddeln.

»Sehr gut«, lacht Charlie.

Als wir die Brandungsgrenze hinter uns gelassen haben, verschnaufen wir zunächst auf unseren Boards. Schnell ziehe ich meine Füße aus dem Meer und kauere im Schneidersitz, Charlie hängt halb im Wasser, was ihn nicht zu stören scheint.

»So, Tommi«, sagt er laut genug, um die Wellen zu übertönen. »Heute verrate ich dir das Geheimnis des Surfens in kalten Gewässern: keine Pausen machen.«

Charlie dreht sein Brett Richtung Küste und paddelt los. Ich habe Mühe, ihm zu folgen. Dann springt er auf und landet mit beiden Beinen gleichzeitig in der Hocke. Ich versuche, es ihm nachzumachen, doch es zieht mir sofort das Brett unter den Füßen durch. Schnell halte ich beide Fäuste vor mein Gesicht, wie Charlie es mir eingebläut hatte. Hektisch strample ich ein paar Sekunden unter Wasser, bis die Fangschnur an meinem Knöchel reißt. Der alte Anzug, das habe ich gleich gemerkt, hat Risse unter den Armen. Als ich wieder auftauche, sehe ich Charlie von links nach rechts über den Wellenkamm rauschen. Ein Pelikan segelt knapp über meinem Kopf hinweg und verspottet mich aufs Gröbste.

Zwei Mal noch gebe ich alles, dann schleppe ich mich erschöpft an Land, wo ich mich aufs Brett setze und bete, dass die Sonne den schwarzen Anzug schnell aufheizen wird. Ich sehe Charlie zu und grinse. Er ist echt gut geworden, glaube ich zumindest.

Als auch er aus dem Wasser kommt, setzt er sich in den Sand neben mich und zupft am Nagel seines rechten großen Zehs. »Sag mal, Tommi, ich find's super, dass du gekommen bist, versteh mich nicht falsch. Aber was willst du hier eigentlich?«

»Anna ist ein paar Tage unterwegs, und da dachte ich, ich komm dich besuchen.« Meine Zähne klappern.

»Aber du hast doch irgendwas ausgeheckt. Merk ich doch.«

Dieses Bibbern soll bitte aufhören. Ich schüttle mich. »Na ja, und außerdem will ich Bruce Springsteen fragen, ob Anna … ob sie eben die Richtige für mich ist.«

»Ja, genau.«

»Da ist ein Besuch in New Jersey doch schon mal ein guter Anfang.«

Charlie kneift die Augen zusammen. »Du willst Springsteen wirklich fragen …«

»Ich drehe sonst durch, die ganze Verliebt/Verlobt/Verheiratet-Nummer.«

»Deswegen drehst du durch?«

»Ich weiß doch auch nicht. Ich fühle mich einfach einsam. Und ich habe in meinem ganzen Leben Papa noch nie so vermisst. Erzähl mir etwas von ihm.«

»Ich kann mich doch auch an kaum was erinnern.«

Ich starre aufs Meer.

»Na gut. Also … Einmal ist er ins Wohnzimmer gekommen, du warst noch ganz klein, und dann ist Mama sauer geworden, weil er auf dich aufpassen sollte. Hatte er aber total vergessen. Und dann konnten wir dich nirgendwo finden.«

»Bin ich per Anhalter in die Stadt getrampt?«

»Papa hat dich irgendwann gefunden. ›Da ist er!‹, hat er gerufen. Du warst von seinem Schreibtisch in den Mülleimer gefallen. Wir haben alle wie bekloppt gelacht.«

»Na toll.«

»Er war kein Heiliger, weißt du. Und er war auch nicht perfekt, sagt Mama. Die beiden haben sich so früh verliebt, da lief das Spiel dann anders als heute. Wahrscheinlich hätte er dir schon vor ein paar Jahren geraten, Anna einfach zu heiraten, und gut ist.«

»Du bist auch nicht gerade ein leuchtendes Beispiel dafür, dass man auf die Richtige warten soll.«

Charlie schaut aufs Meer. »Was sagt denn Anna zu der ganzen Sache?«

»Ich will vor ihr kein großes Drama draus machen«, ich wühle im Sand und werfe eine Muschelschale in die Brandung. »Ich weiß echt nicht, wo mir der Kopf steht.«

»Ist doch ganz normal.«

»Nichts ist normal, zurzeit jedenfalls, gar nichts.«

»Es geht um viel mehr, oder?«

»Wahrscheinlich verliere ich gerade meinen Job.«

»Wieso das denn?«

»Weil ich nach Amerika gefahren bin, obwohl die mir keinen Urlaub gegeben haben.«

»Das ist kein Grund«, sagt Charlie mit dem Timbre eines Staranwalts und drückt den Rücken durch.

»Und weil ich meinen Chef per SMS ein *Arschloch* genannt habe.«

»Heil Hitler?«

»Jawoll.«

»Das ist ein Grund«, sagt Charlie und gibt seine aufrechte Körperhaltung wieder auf. Dann nickt er energisch. »Ich glaube, ich weiß, was dich plagt.«

»So. Was denn?«

»Hat es was mit dem Tag zu tun, an dem Papa starb?« Ich antworte nicht auf seine Frage.

»Du musst aufpassen, Tommi.«

»Worauf?«

»Es geht nicht nur um uns, weißt du. Das musste ich von Tina lernen. Ich glaube, die Sache mit unserem Vater hat uns zu hart gemacht. Wir sind ein Stück weit mit ihm gestorben. Du suchst Halt und du willst Antworten. Das ist in Ordnung. Aber Anna braucht genauso viel Halt. Und auch sie braucht Antworten. Vergiss das nicht.«

»Ich habe letzte Nacht geträumt, dass Anna mich verlassen hat.«

Charlie nickt.

»Mir ist arschkalt«, ich stehe auf. Wir schnappen uns die Bretter und stapfen los.

»Woher weißt du überhaupt, dass Springsteen gerade in Jersey ist?«, fragt Charlie, als wir auf die Häuserreihe zugehen, die sich den Strand entlangzieht.

»Sicher bin ich nicht. Aber die nächsten zwei Tage spielt er in New York. Ich glaube nicht, dass er da im Hotel übernachtet, sondern zu Hause pennt.«

»Wo tritt er denn auf?«

»Im Madison Square Garden.«

»Das ist natürlich der Wahnsinn. Vielleicht komme ich ja mit.«

»Aber kein Gemaule und keine Stirnband-, Cowboy- und Meat-Loaf-Sprüche, okay?«

»Das kann ich jetzt nicht garantieren.«

Nachdem wir uns in der Garage aus den Anzügen geschält haben, die nun über der Wäscheleine hängen, streckt Charlie sein Gesicht in die Morgensonne. »Sag mal, ist Springsteen überhaupt verheiratet?«

»Zum zweiten Mal.«

»Die arme Sau.«

Ich kann kaum meine Kaffeetasse heben, als Charlie mit Chinos und weißem Hemd sowie einer akkuraten Gelfrisur in die Küche schlendert, als sei nichts gewesen. Mir jedenfalls tut alles weh.

»Du siehst aus wie ein Professor aus 'nem John-Grisham-Film.«

»Doktor, Bruder. Doktor König. Mit OE. Oder auch: *Doctor King*, wie mich ein paar Studenten nennen.«

»Doctor King? Wie geil ist das denn, bitte?«

»Aber erklär diesen Spitznamen mal einem schwarzen Studenten. Bis die mir geglaubt haben, dass *King* einfach nur die Übersetzung meines deutschen Nachnamens ist, hielten die mich für einen beinharten Rassisten.«

»Jetzt gehst du also an die Uni?«

»Ja, aber nur für einen Kurs. Bin in ein paar Stunden wieder da. Oder willst du mitkommen?«

»Nein, mach ruhig dein Ding. Ich komm klar. Aber sag kurz, wie heißt das Kaff hier eigentlich? Hast du vielleicht eine Karte?«

»Wir sind in Belmar«, Charlie greift nach einem Reiseführer und fängt an zu blättern.

In meinem Kopf beginnt es zu arbeiten. »Und welche Straße?«

»Hier, schau, wir sind in der Ocean Avenue, Ecke 8th Avenue. Die nächste Straße ist die A Street. Du kannst ja den Beachcruiser in der Garage nehmen und in die E Street fahren. Ist aber nix Besonderes, nur 'ne ganz normale Straße.« Er grinst breit.

»Das hört sich ziemlich gut an.« Ich klatsche mit Charlie ab. Er hat mich ins Allerheiligste gebracht. Jetzt werde ich das Zentrum des Universums sehen. Na ja, eigentlich nur eine Straße in einem verschlafenen Küstennest. Aber ein paar Blocks weiter wurde die Band gegründet, die E Street Band eben.

»Und unternimm was gegen deinen Jetlag. Heute Abend wird gefeiert. Ich hab den halben Lehrstuhl zum Barbecue eingeladen.« Er stößt die Terrassentür auf: »Beach Party!«

Als der Truck nach langem Orgeln angesprungen und Charlie die Küstenstraße entlanggeeiert ist, lege ich mich unter dem Fernrohr wie eine Katze in die Sonne. Meine Schulter ist verspannt vom Flug und klemmt seit meinem Surfversuch knapp unter meinem Kinn. Die Wärme tut gut, und ich dämmere kurz weg. Später dusche ich heiß in Professor Aldrichs Bad und muss mehrmals nach links gucken, weil ich durch die Milchglasscheibe Wellen Richtung Strand rollen sehen kann. Anna und ich, wir ziehen auch mal ans Meer, beschließe ich und seife mich ein.

Im Wohnzimmer studiere ich die Bilder, auf denen

eine hübsche brünette Frau, offenbar Professor Aldrich, und ein bärtiger Mann meist Hand in Hand in die Kamera grinsen. Der Mann sieht sympathisch aus, und sein Lächeln ist immer gleich freundlich. Einige Bilder sind vergilbt. Auf den Neueren sitzt ein brünettes Mädchen auf dem Schoß des Mannes. Je weiter ich die Bildreihe ablaufe, desto älter wird das Mädchen. Schließlich steht sie mit einem Doktorhut zwischen zwei Kommilitonen und hält ihr Zeugnis in die Kamera. Doch der Mann ist nicht auf dem Foto, neben der Tochter steht nur Professor Aldrich.

In der offenen Küche finde ich in der allerletzten Schublade, in der ich nachsehe, eine italienische Espressomaschine, wie Anna und ich sie zu Hause haben. Ich vergewissere mich, dass der Gummiring in die Kanne eingesetzt ist und stelle den Herd an. Yoda beobachtet mich misstrauisch durchs Fenster von einem kleinen Dachvorsprung aus und hustet beängstigend.

Einigermaßen wach, schnappe ich mir das Fahrrad aus der Garage. Ein pinker Lowrider mit einem Lenker wie eine Harley Davidson und Reifen dick wie Würgeschlangen. Ich werfe mir einen von Charlies Kapuzenpullis über, der neben den Wetsuits an der Leine baumelt, und strample Block um Block das Alphabet hinunter, bis ich an einem weißen Straßenpfosten stehen bleibe. Schwarz auf weiß steht *E St* darauf, auf der anderen Seite, hin zur Querstraße, *10 Ave*.

Auf der gegenüberliegenden Straßenseite kommt eine Mutter mit zwei Kindern an der Hand aus einer kleinen Bibliothek. Nichts an diesem Ort wirkt historisch. Nirgendwo finde ich eine *This is where the heart breaking, history making, earth shaking E Street Band met*-Plakette. Für mich aber ist das hier Abbey Road, Versailles, Checkpoint Charlie und der verdammte Mount Everest in einem. Ich frage einen Mann um die vierzig, wo Springsteens Keyboarder damals gewohnt habe. »Over there«, er deutet mürrisch auf ein Holzhäuschen mit zwei Autos und windschiefem Briefkasten davor. Sein Kampfhund pinkelt gegen den Straßenpfosten der E street und knurrt. »Come on, Lee Harvey«, sagt der Mann und zerrt an der Leine.

Ich starre noch eine Weile auf die Vorgärten. Springsteen scheint hier keine Sensation zu sein. Er ist eben ein *Local Hero*, und für die wird kein Museum eröffnet. Nicht dort, wo er mal gewohnt hat, und nicht dort, wo seine Band gegründet wurde. Er lebt auch nicht abgeschirmt von der Öffentlichkeit, zumindest habe ich das mal gehört. Das könnte meine Chance sein. Warum soll ich ihm nicht über den Weg laufen, falls der Typ wirklich einfach durch die Gegend fährt und seine Kinder zur Schule bringt?

Andererseits: Wird er mich nicht für einen Stalker halten, wenn ich ihn einfach anspreche?

Für heute fahre ich zurück zum Strandhaus, wo ich mein iPhone auf die Boombox stecke, die mit Sicherheit Charlie gehört. Zuerst der *E Street Shuffle*, dann *10th Ave Freezeout*. Die Songs hören sich plötzlich ganz anders an. Irgendwie echter.

Am Nachmittag versuche ich Anna zu erreichen, doch sie geht nicht ran. Zwei, drei Tage haben wir uns nun nicht gehört. So lange hatten wir noch nie Funkstille. Aber sie hat bestimmt Stress beim Fotografieren, rede ich mir ein. Nein. Selbst wenn, würde sie sich mal melden zwischendrin. Und es ist zu Hause ja erst acht Uhr morgens. Wir haben wohl ein Problem. Als ich auflege und das Handy wieder auf die Boombox stecken will, lasse ich es vor Schreck fast fallen. Auf der Veranda steht ein grauhaariger Mann neben der Hollywood-schaukel und beobachtet mich. Ich öffne die Tür. »Morning, Sir.«

»Hello there. Is Ricarda home?«, fragt er misstrau-isch und guckt an mir vorbei in das weitläufige Erd-geschoss.

»Professor Aldrich?«, erwidere ich.

»Yes. Ricarda.«

Ich erkläre ihm, sie sei in Hongkong, und mein Bru-der und ich würden bis zu ihrer Rückkehr auf das Haus aufpassen – also vor allem mein Bruder, da ich ja ges-tern erst aus Deutschland angereist sei. Ich stottere.

»You're Charlie's brother from Germany?« Das war der Eisbrecherfakt. Aus seiner Hosentasche zieht er ein dunkelblaues Army-Cap. Jerry sei sein Name, und jah-relang sei er in Rammstein stationiert gewesen. Er deu-tet auf ein Abzeichen auf der Mütze, auf dem vor der US-Flagge und der Deutschlandfahne drei Düsenjäger vorbeifliegen. Er liebe Deutschländ. Er liebe die deut-schen Fräuleins. Und er liebe Bratwörst. Dann: Was für ein Riesenglück ich habe, er deutet aufs Meer. So schön sei das Wetter sonst nie zu dieser Jahreszeit. Surfen könne er aber gar nicht mehr, ergänzt Jerry niederge-schlagen. Er habe in Vietnam gekämpft, und in seiner linken Arschbacke steckten noch Granatsplitter. Wäh-rend er mir auf seiner weißen Leinenhose genau die Stelle zeigt, an der ihn Teile einer Vietcongmine er-wischt hatten, stelle ich mir vor, wie Werner und Jerry

115

ihre Narben vergleichen. Die beiden würden sich wahrscheinlich so gut verstehen wie die zwei Alten aus der *Muppet Show*. Ich werde Werner sofort besuchen, wenn ich wieder da bin, und ihm Fotos von der E street zeigen. Ich vermisse den alten Kerl und seinen komischen Laden. Und ohne seinen bizarren nächtlichen Anruf, wäre ich vielleicht nie zu Charlie geflogen.

6. BLINDED BY THE LIGHT

Als die ersten Gäste über den Rasen auf das Haus zuschlendern, sitzen Charlie und ich bereits mit einer Dose Bier in der Hand auf der Veranda wie zwei alte Männer. Die Sonne hat noch Kraft, es sind knapp zwanzig Grad in der Sonne. Charlie steht auf, sprüht flüssigen Grillanzünder auf die Kohlen, wirft, ohne zu gucken ein Streichholz hinterher, und leert seine Dose vor dem aufflammenden Grill.

»Wann genau bist du zu Bruce Willis geworden?« Meine Frage geht unter, weil Charlie mit großem Hallo seine Studenten begrüßt.

»Okay, es geht los. Das sind Annette und Rob.«

»Annette und Rob«, wiederhole ich zwei Mal, weil ich mir keine Namen merken kann. »Annette und Rob.«

»Sind beide in meinem Dramatikkurs und sprechen ganz gut Deutsch. Die meisten sind ganz heiß darauf, Deutsch mit dir zu sprechen. Für sie ist das eine seltene Gelegenheit. Spiel einfach mit, in Ordnung?«

»Warum lernen die überhaupt Deutsch? Was wollen die damit?«

»Die wollen gar nichts, das sind Rich Kids. Die studieren ein bisschen rum, bis sie Papis Millionen erben. Aber die sind alle in Ordnung.«

Ich begrüße Annette und Rob und biete ihnen ein Glas Bowle an. Auf dem Küchenboden hustet sich Yoda gerade auf wenig appetitliche Weise die Lunge aus dem Leib.

»Thanks«, sagt Rob und schielt hinunter zu der kranken Katze, die würgend über seinen Segelslippern hängt. »Und, wie geht es Anna?« Er schüttelt seinen Fuß.

»Äh, gut, danke. Woher ...?«, frage ich erstaunt. Meine Laune, Vorsicht, meine Laune. Jetzt nicht an Anna denken, nur nicht an Anna denken. Was sie wohl gerade macht?

»That's for you«, sagt Annette und drückt mir ein vergilbtes Magazin in die Hand, eine Ausgabe von *Newsweek* aus den Siebzigern. Darauf: Bruce Springsteen mit Wollmütze, schelmischem Grinsen und seiner Telecaster in der Hand. Titelzeile: ROCK'S NEW SENSATION. Bruce hatte es nach der Veröffentlichung von *Born to Run* gleichzeitig aufs Cover von *Time* und *Newsweek* geschafft. Das war bis dahin Päpsten und Präsidenten vorbehalten.

»Das kann ich nicht annehmen. Das Magazin ist sicher sehr wertvoll.«

»Mein Daddy hat ein paar davon«, sagt Annette. »He's such a fan.«

»Phantastisch, danke schön.« Perplex gucke ich zu meinem Bruder, der gerade grinsend die Kohlen verteilt. »Du hast es allen erzählt, oder?«, zische ich durchs Fenster.

»Yep. Ausnahmslos jedem.« Er deutet mit der Kohlenzange auf den Rasen, wo ein Typ Mitte zwanzig sein Fahrrad neben sich wirft, eine amerikanische Flagge aus der Seitentasche seiner Shorts zieht und in den Wind hält.

»Bist du Tommi?«, fragt er.

Ich nicke ihm zu und verziehe die Mundwinkel zu einem gequälten Lächeln.

»Die Flagge hab ich dir mitgebracht.«

Hinter ihm steigen aus einem Sportwagen zwei Mädchen in Jeansshorts und engen T-Shirts in Farben, deren Existenz mir bis zu diesem Moment nicht bewusst gewesen ist. Sofort muss ich an das mauvefarbene Nachthemd denken, das Anna trug, als wir vorgestern zusammen aufwachten. Ich verdränge das Bild sofort. Die beiden Tanktop-Ladies schlängeln sich durch den Garten auf mich zu. Charlie steht inzwischen bei der Stereoanlage und legt *Born in the USA* auf.

»Hat Rob mitgebracht«, sagt er und deutet auf ihn. »You're the man!«

Rob zeigt mit beiden Daumen auf sich und wackelt mit den Hüften. »I'm the man.«

»Charlie hatte die Platte auch mal«, rufe ich.

»Das ist eine dreiste Lüge«, winkt Charlie ab. »Das behauptet Tom seit unserer Kindheit.«

Die Trommelschläge schallen durch den Garten, und wäre der Atlantik heute nicht in Wallung, der Boss allein hätte ihn aufgewühlt.

Mit schrillen Stimmen, die ich nicht zu unterscheiden vermag, stellen sich mir jetzt die Tanktop-Ladies als »Joy« und »Pam« vor. Joy, die Blonde, hat ihre Haarspitzen nach außen geföhnt, und Pam, die Dunkelhaarige, fand es schick, sich eine Art Gel in die Frisur zu massieren. Sie sieht aus wie Stephanie von Monaco in den Achtzigern. Wenn sich zu den beiden noch eine

Asiatin hinzugesellte, hätten wir die Models für das Filmposter von *Drei Engel für Charlie* zusammen. Wie passend, denke ich, und blicke hilfesuchend zu Charlie, der gerade mit Richie abklatscht und mit Blick auf den Ozean die Wellensituation erläutert. Ihre Oberkörper bewegen sich geschmeidig von links nach rechts.

Es hilft ja nichts: »Hi Pam, hi Joy. Nice to meet you«, sage ich und schaue schnell von der einen zur anderen. Sie sollen nicht merken, dass ich keinen Schimmer habe, welche von beiden welche ist.

»Sprecken Sie Deutsch, bitte«, sagt die Brünette.

»Wir haben sogar deutsche Spitznamen«, fügt die Blonde hinzu.

»*Freude ...*«, sagt die Brünette. Sie muss also Joy sein.

»... und *Schöner Götterfunken*«, vollendet Pam.

»Gestatten: Beethoven«, sage ich und lache debil.

»Du bist der Bruder von Doctor King?«, fragt Pam.

»Richtig.«

»Awesome«, quietschen sie im Chor und steuern auf das Aquariumglas mit Bowle zu. Durchs Fenster sehe ich den alten Jerry am Gartenzaun stehen und die Faust zur Musik Richtung Himmel recken. »Born in the USA! I was BORN IN THE USA!«, kann ich von seinen Lippen ablesen. Nicht mal ein Vietnamveteran achtet darauf, was Springsteen da eigentlich singt. Ich beschließe, einfach mehr zu trinken, und rühre die Bowle mit dem Schöpflöffel um, bevor ich Joy und Pam und schließlich mir einschenke.

Als Ben und ich unseren Dreißigsten feierten, hatten wir für die Party in einem Abrisshaus eine ganze Wohnung in Beschlag genommen. Dementsprechend artete die Feier aus. Es war erstaunlich, zu welcher Zerstörungswut Menschen fähig sind, die nachmittags Finanztabellen kalkulieren oder Autos verkaufen. Es hatte nur noch gefehlt, dass der Mob um sich schoss. Ich holte Bierkasten um Bierkasten aus dem kühlen Keller, und als ich mal wieder das Treppenhaus hinunterlief, sah ich, dass im Hof das Licht anging. Eine Frau mit langen dunkelblonden Haaren lehnte ihr Fahrrad an die Kastanie und führte in einer geschmeidigen Bewegung das Schloss durch die Speichen beider Reifen. Kurz blieb ich am Fenster stehen und beobachtete die Szene. Aus der Wohnung dröhnte der Bass, und ich war sicher, gleich würde ein Betrunkener an mir vorbeistolpern. Doch niemand kam. Die Frau öffnete ihren Zopf, warf die Haare nach vorne, wuschelte in ihnen herum und hob den Kopf wieder. Da blickten wir uns direkt in die Augen. Sie erschrak. Schnell eilte ich die Treppen hinunter, wuchtete zwei Bierkästen auf die Schultern und ging zurück in die Wohnung.

Ich balancierte das Bier durch den überfüllten Flur, als es auch schon an der Tür klingelte.

»Gäste!«, trompetete Lena und drückte den Öffner.

Ich kümmerte mich weiter um die Getränke und stopfte Flaschen bis in die letzte Ecke des Kühlschranks. Das ist mein Bierversorger-Knall. Ich möchte, dass man sich auf meiner Trauerfeier an jemanden erinnert, auf dessen Partys nie das Bier ausging.

Als ich wieder aus der Küche bog und ein paar Flaschen über meinem Kopf hielt, stand die blonde Frau mitten im Gang und suchte nach einer Möglichkeit, ihre Jacke loszuwerden.

»Hallo«, krächzte ich heiser, weil Lena und ich am Abend zuvor bei The Hold Steady waren.

»Super Stimme.« Annas erste Worte an mich. »Kann ich dir mit den Flaschen helfen?«

»Ich habe dich noch nie gesehen hier.«

»Doch, gerade im Hof«, sagte sie.

Ich verzog das Gesicht und kniff die Augen zusammen.

»Ich bin Anna.« Sie streckte mir ihre Hand entgegen und blies sich eine Strähne ihrer verwuschelten Frisur aus dem Gesicht.

»Tom.«

»Ich bin neu in der Stadt. Mona hat mich mitgenommen. Du bist einer der Gastgeber, oder? Ist das okay? Also, dass ich hier bin?«

»Ja, klar, fühle dich wie, na ja, wie in einem Abbruchhaus.«

»Ist super hier.«

»Mona... die Fotografin, oder?« Eine Mona stand jedenfalls ein paar Meter weiter. Sie hatte drei Leute vor einem zerborstenen Wandspiegel aufgestellt und arrangierte ein Fotoshooting. Mona war nicht zu überhören: »Gib alles«, »Zeig's mir«, »Ja, Baby!«.

»Genau, Mona.« Wir verdrehten gleichzeitig die Augen und lachten.

»Ich bin gleich wieder da, ich muss nur schnell diese Biere abliefern.«

Anna nickte.

In der Bruchbude stapelten sich Menschen. Ich ging in den Raum, der wohl als Wohnzimmer gedient hatte. Bens Gitarre lehnte an der Wand. Meine lag noch im Koffer. Eine alte Gibson. Ben und Lena hatten sie mir erst heute Abend überreicht. Sie hatten jeden der siebzig Gäste bis auf den letzten Euro ausgequetscht, um die Westerngitarre aus Werners Laden auszulösen. Das Instrument war mir bereits jetzt heilig, und ich schämte mich ein wenig, weil ich für Ben nur einen gebrauchten Plattenspieler bei Ebay ersteigert hatte.

Einige Fotostudentinnen hatten Filmlichter mitgebracht und gegen die Decke gerichtet. Der nackte Betonboden war kalt, und die Tapeten hingen in Fetzen von den Wänden. In diesem Chaos versuchte ich Ben zu finden, der zuvor noch gedroht hatte, mir das Herz herauszureißen, wenn ich ihm nicht schnell ein neues Bier holte. Er hatte Lampenfieber. In der Küche klebte Schokopudding an der Decke und tropfte einem alten Schulfreund von Ben auf die Schulter. Lena und Kerstin sahen dem Trubel ganz entspannt zu.

»Habt ihr Ben gesehen?«, rief ich.

»Nö«, Lena warf den Arm um mich und schielte bereits. Sie würde heute in große Partyform auflaufen, das war klar. »Du musst hier bei uns bleiben. Wir öffnen gleich den Schnaps.«

»Ben gräbt an irgendwem herum«, sagte die kleine Kerstin.

»Sagt mal, der Pudding …?« Ich zeigte an die Decke.

»Der war nix«, antwortete Lena.

Als ich zurück in den Gang steuerte, sah ich Ben. Er redete auf Anna ein. Ben war schnell, das musste man ihm lassen.

»Und, was machst du so?«, brüllte er Anna ins Ohr.

»Fotos. Ich bin Fotografin«, erwiderte sie.

»Cool«, Ben wippte zu *London Calling*, das im Wohnzimmer lauthals mitgesungen wurde. »Ich studiere Soziologie, aber eigentlich will ich Theaterstücke schreiben.«

Anna nickte eifrig, bemerkte mich dann, lächelte mir zu und nippte an ihrem rötlichen Getränk.

»Wer will Obstler?«, fragt Charlie in die Runde. »Die stehen total auf deutschen Schnaps«, flüstert er mir zu und holt kleine Gläser aus dem Tiefkühlfach. Inzwischen sind noch etwa zehn Leute eingetroffen. Drei Männer in Rugbyshirts und kurzen Hosen stehen am Grill und kümmern sich um die Cheeseburger. Jeff, Clive und … mein Namensgedächtnis bewegt sich auf dem Niveau von Bruce Springsteens Falsettstimme – beide Vollkatastrophen. Aber das Tolle an Amerikanern ist, dass man niemandem gegenüber Interesse aufbringen muss. Das Interesse kommt zu einem. Und so werde ich also gelöchert. »Wie gayt es dir?« – »Von wo in Deutschland bist du?« – »Wieso liebt ein Mann aus Deutschland Springsteen?« – »Ich habe gehört, du willst den Boss treffen?« – »Weiß Anna deinen Plan?«

»Nein, Anna weiß nichts davon«, antworte ich Richie, der mich auffordernd anblickt. »Ich weiß ja auch noch gar nicht, was der Boss sagen wird, oder ob er mir wirklich erklären kann, was das mit dem Heiraten soll.« Ich rede viel zu laut. Lieber sollte ich noch einen Cuba Libre trinken.

»Wie … heiraten – was verstehst du nicht?«

»Alles. Warum ich das machen soll. Warum alle das machen. Ich habe noch kein Paar erlebt, das danach glücklicher war als zuvor. Sie ruinieren sich finanziell mit einem Fest, damit der Hochzeitstag der schönste Tag ihres Lebens wird, aber ich kann die Veranstaltungen schon gar nicht mehr voneinander unterscheiden, weißt du?«

»Nicht vonein … what?«

»I can't tell the parties apart«, sage ich.

»Right«, nickt Richie heftig. »Für mich, jede Party is ein gute Party.« Er legt den Arm um mich und stürzt ein Glas Obstler.

Joy und Pam kommen hinzu. »Tom?«, fragt Joy schrill. »Ist Bruce dein Guru?«

»Bitte was?«

»Dein Guru. Der, der dich führt to enlightenment?« Sie schnippt mit den Fingern.

»Zur Erleuchtung?«

»Right.«

»Ja, irgendwie schon«, sage ich.

Beide nicken mit riesigen Augen, deren Wimpern mit einer Art Stahlbeton arretiert scheinen.

»Ich frage mich zumindest oft: *Was würde der Boss tun?*«

»What would Jesus do …«, sagt Pam.

Ich winke ab: »Aber ich bin nicht religiös. Ich bin ein Fan, aber kein Fanatiker.«

»Too late«, sagt Joy.

»Wofür?«, frage ich.

»Sie ist echt drin in dieses Kram.«

»Weißt du eigentlich, was *Guru* heißt?«, fragt Pam.

Nun bekomme ich eine Esoterikstunde verpasst. Pam referiert über die Begriffe *Gu* und *Ru*, die in Sanskrit »Dunkelheit« und »Licht« bedeuten, und dass Menschen, die beides in sich vereinen, ihre Lehrlinge zur Erleuchtung führen. Sie hat nicht mal unrecht. Ich gehe im Kopf Springsteens Songs durch, sie strotzen nur so vor Bildern aus dem Katholizismus, und auch die Begriffe Licht und Dunkelheit kommen in jedem zweiten Lied vor. *Darkness on the Edge of Town*, *Light of Day*. Aber Springsteens Gott ist der Rock 'n' Roll. Und damit kann ich leben. Wenn es schon einen Gott geben soll, dann muss wenigstens der Sound stimmen.

»Und du machst T-Shirts, right?«, fragt Joy.

Ich bin dankbar für diesen sehr irdischen Themenwechsel. »Genau.«

»Aber nicht mit Kinderarbeit, oder?«, sagt Pam in vorauseilender Empörung.

Richie erlöst mich von diesem Gespräch. »Mag Anna denn auch Springsteen hören? Sonst: Probleme. Ich mag Grunge, but my girl hates it.«

»Das funktioniert eigentlich ganz gut bei uns. Na ja, manchmal nervt's sie schon. Aber als sie vierzehn war, hing ein Poster von Springsteen an ihrer Wand, hat sie mir mal erzählt. Das Cover von *Born in the USA*. Weißt schon das, das du vorhin auf dem Rasen nachgemacht hast.«

»Right!«

Dieses ständige *Right*.

»Sie war ein Riesenfan, aber nur für ein paar Wochen. Dann klebte sie über das Poster ein Bild von Madonna. Das sie später gegen Axl Rose austauschte. Auf Slash stand sie aber auch. Ich meine: Das sagt doch alles.«

»Und wie hast du euch verliebt? Anna und du.«

Joy und Pam rücken wieder ein Stück näher.

»Wir müssen jetzt die Klampfen stimmen«, rief ich Ben auf unserer Abbruchparty zu, woraufhin er sich mit mir durch die Menge ins Wohnzimmer kämpfte.

Moonlight Mile von den Stones lief. Lena stand auf einer Bierkiste und unterhielt die Runde wie ein Prediger am Hyde Park: »Früher habe ich meinen Körper für Schnaps angeboten, wenn der Obstler alle war«, lallte sie und verlangte nach einer neuen Flasche.

»Das kann ich bezeugen«, sagte ich ins Mikrofon. Ein Fiepen ließ die Leute aufhorchen. »'Tschuldigung«, ich drehte das Mikro von den Lautsprechern weg. »Aber dieses Angebot zur Schnapsprostitution macht Lena nur, wenn sie ganz sicher ist, dass im Umkreis von zehn Kilometern niemand auch nur einen Tropfen gebunkert hat.«

»Tom würde nämlich zehn Kilometer weit wandern, um Lena endlich ins Bett zu kriegen«, fügte Ben hinzu.

»Dann hast du ja noch mal Glück gehabt«, rief Lenas Freund und zeigte mir den Mittelfinger. Ich erwiderte seine Geste.

»Bad stage behaviour«, urteilte Ben. »Eigentlich bist du als Superstar nicht mehr tragbar.«

»Wenigstens ist keine Exfreundin da«, sagte ich, und Ben lachte laut, weil er genau wusste, worauf ich anspielte. An seinem dreißigsten Geburtstag hatte Springsteen ein Mädchen aus dem Fotografengraben auf die Bühne gezerrt und dem Publikum erläutert, sie sei seine Ex, und es kotze ihn an, dass sie ihn nicht endlich in Ruhe lasse. Der Boss hatte nicht viele Ausfälle, aber dieser war echt hart.

»So«, sagte Ben feierlich ins Mikro. »Wir sind jetzt dreißig, und ihr sauft unser Bier …«

»… deshalb müsst ihr jetzt machen, was wir wollen«, vollendete ich.

»Halt's Maul, und spiel was von Slayer«, brüllte Charlie aus dem Publikum.

»Zuhören jetzt«, rief Ben. Und dann zählten wir *Born to Run* ein. Die Leute brachen in Jubel aus. Zehn Jahre lang hatten wir den Song an jedem Lagerfeuer und auf jeder Party gespielt, und nun hatten wir tatsächlich alle so weit, dass sie ihn super fanden. Wer sagt, dass sich Hartnäckigkeit nicht auszahlt?

Ben grinste breit, als ich anfing zu singen: *In the day we sweat it out on the street of a runaway American dream. At night we ride through mansions of glory on suicide machines …*

Und dann passierte etwas ganz Wunderbares, die Erinnerung daran jagt mir heute noch Schauer über den Rücken. Alle sangen mit. Alle kannten den Text. Das Ergebnis klang zwar nicht schön, aber es war immerhin laut: *We gotta get out while we're young. 'Cause tramps like us, baby, we were born to run.*

Und während wir ein paar Mitgröl-Refrains dranhängten und uns feiern ließen, entdeckte ich Anna in der Menge. Sie grinste mich breit an. Ein rotes Licht strahlte sie von irgendwoher an, und eine Strähne ihres langen blonden Haars hing in ihrem roten Drink. Ich nickte in Richtung des Bechers. Sie schaute nach unten und zuckte bloß mit den Achseln.

Noch nie in meinem Leben hatte ich mich wie ein Rockstar gefühlt. Das war nicht weiter schlimm. Ich stelle es mir als Berufsbild sogar schräg vor, da oben zu stehen und dafür sorgen zu müssen, dass dich da unten Tausende lieben. Auch auf meiner Feier und in diesem Moment wollte ich kein Rockstar sein. Der Effekt, der mich überwältigte, sobald Anna und ich uns ansahen, war ein anderer. Als ich das erste Mal gesehen habe, wie Springsteen *Born to Run* live spielt, war das ein ähnliches Erweckungserlebnis wie damals als Kind *Born in the USA* aufzulegen. Er bringt nämlich fast immer vor *Born to Run*, dem traditionellen Höhepunkt seiner Konzerte, eine ruhige Nummer bei gedimmtem Licht. *My Hometown* oder *You're Missing* oder etwas Ähnliches. Aber dann, wenn die ganze Band einsetzt und den brüllenden Auftakt zu diesem riesigen Song hinlegt, schalten Springsteens Lichttechniker alles an, was ihnen zur Verfügung steht. In meinem Fall war es das Flutlicht des Münchner Olympiastadions. »Woah«, schrien Ben und ich, als plötzlich die riesigen Scheinwerfer angingen. Erst als sich unsere Augen an das fiese Neonlicht gewöhnt hatten, sahen wir, was um ums herum abging. Ich hatte noch nie Tausende Menschen so feiern sehen. Sie tanzten, lagen sich in den Armen, weinten, johlten. Dieser Moment war pures Glück, ich fühlte mich mit jedem einzelnen Menschen tief verbunden. Und als Ben und ich jetzt auf unserer Feier *Born to Run* spielten, verstand ich plötzlich Springsteens immergleiche Antwort auf die Frage, wie er sich stets aufs Neue motiviert, zu seinen dreistündigen Marathon-Shows mit zum tausendsten Mal *Born to Run*. Er sagt, das sei ganz einfach. Er suche sich eine Person aus dem Publikum aus. Jemanden, mit dem er sich besonders verbunden fühle, und dann spiele er den ganzen Abend nur für diesen einen Menschen.

Auch ich spielte an diesem Abend für nur einen Menschen.

Nach unserem Auftritt ging Ben an den CD-Player, spielte *Ich lasse ein Licht an für dich* von Klee und holte

den Tabak heraus. Anna erblickte ich an der gegenüberliegenden Wand. Ich lächelte sie an, drehte mich
zu Lena und zog an der Tüte, die Ben in Umlauf gebracht hatte. Als ich den Kopf wieder Richtung Anna
wandte, war sie verschwunden.

»Wahnsinnsmädchen«, sagte Ben.

»Ja, find ich auch.«

Als ich am nächsten Tag zum Aufräumen in das
Abbruchhaus fuhr, war Lena schon da und öffnete die
Tür. Sie trug einen Blaumann und war mit roter Farbe
besudelt. »Wir räumen nicht auf, sondern streichen
alles in Knallfarben. Nächstes Wochenende machen
wir noch 'ne Feier. Das war echt super gestern.«

»Bin dabei«, antwortete ich. »Aber heute tue ich nur,
was man mir sagt.«

»Magst du Kaffee?«

»Gern. Sagt mal, diese Anna, kennt ihr die besser?«

»Ich wusste, dass sie dir gefällt.« Kerstin blickte vom
Farbeimer auf. Sofort schmiedeten sie Pläne, wie man
uns zusammenbringen könnte. Den ersten Schritt hatten sie schon gemacht.

»Hier ist ihre Nummer«, sagte Lena und drückte mir
ein Kaugummipapier in die Hand, auf das ein paar
Zahlen gekritzelt waren.

Es klingelte an der Tür. »Das muss Ben sein.« Kerstin machte auf. Ich schaute Lena so finster an, dass sie
zusammenzuckte, doch da bog auch schon Ben in die
Küche und warf sich auf das mit Folie abgedeckte Sofa.
»Und, hast du ihr schon geschrieben, Alter?«

Wir begannen zu streichen, und als ich mich in
einem der Zimmer unbeobachtet fühlte, tippte ich ein
paar unbeholfene Zeilen und schickte sie an Anna.

Abends, als wir mit verschmierten Händen und Farbspritzern im Haar Pizza aßen, vibrierte in der Hosentasche mein Handy. Eine SMS: *Hey du, musste schnell gehen gestern, sonst wäre ein Unglück passiert (Aperol …). Zeigst du mir die Stadt? LG, Anna mit den Haaren im Sprizz*

Am Wochenende darauf feierten Anna und ich gemeinsam die nächste Party im Abbruchhaus. Diesmal waren die Wände knallrot.

»So war das«, sage ich.

»It's very romantic«, sagt Joy.

Pam seufzt. »Wirst du sie heiraten?«

»Ich weiß nicht … eigentlich …«

»Sie klingt wie ein wundervolles Mädchen. You should marry her«, sagt Joy.

»Girls, please«, Richie geht erneut dazwischen. Ich kenne ihn erst seit einer halben Stunde, aber sein Einsatz bietet Potenzial für eine wunderbare Freundschaft. Er stößt mit mir an, und wir wenden uns der Boombox zu. »Hast du *Born to Run* hier?«

»Scheißt der Papst in den Wald?«, sage ich.

»Scheißt da what?«

»Klar hab ich den Song dabei.« Ich hole mein iPhone heraus, scrolle in der Musikliste bis zum Album und stecke das Telefon in Charlies Boombox. Der Trommelwirbel am Anfang erwischt mich jedes Mal wieder auf irgendsowas wie – keine Ahnung – meinem dritten Fuß oder so.

»Oh yeah, I remember«, Richie nickt zum Takt.

»Aber man muss das Album eigentlich von Anfang an hören. Von *Thunder Road* bis *Jungleland*«, ich stelle auf den Beginn. Die Mundharmonika setzt ein, und Bruce tritt seine Reise durch die Nacht an: *The screen door slams, Mary's dress waves. Like a vision she dances across the porch as the radio plays.*

Ich lasse Richie allein, mit Bruce ist er schließlich gut aufgehoben, und schlendere über die Terrasse. Charlie begrüßt gerade am Gartentor eine kleine Frau mit langen pechschwarzen Locken. Die Frau hält ihre graue Wollmütze in einer Hand und umarmt Charlie mit der anderen. Er gestikuliert wild, sie lachen. Charlie blickt sich um und entdeckt mich in der Hollywoodschaukel. Er winkt mich zu sich herüber. Ich stehe auf und überquere den Rasen. Vom Haus fliegen Fetzen von *Thunder Road* herüber.

»Das ist mein Bruder Tom. Tom, das ist meine beste Studentin. Sie wird bestimmt mal amerikanische Botschafterin in Berlin.«

»Guten Tag, Tom«, sagt die Frau in akzentfreiem Deutsch. »Ich bin Mary.«

Kurz bin ich geblendet von der untergehenden Sonne, dann klappt mir fast der Kinnladen herunter. Sie hat die größten Augen, die ich jemals gesehen habe. Wären sie noch größer, diese kleine Frau sähe absurd aus. »Wie? Mary? Mary wie in *Thunder Road*?«

»Das ist der Lieblingssong meines Vaters«, sagt sie.

7. THUNDER ROAD

Der Zufall und ich, wir führen eine seltsame Beziehung. Manchmal bin ich mir sicher, dass es ihn gibt, dann wieder spielt mir das Leben einen Streich, der die Existenz des Zufalls schier unmöglich erscheinen lässt. Kurz nachdem Charlie und Tina ausgewandert waren, reisten Ben und ich nach Vietnam. Nach einer Woche Strand sprangen wir in einen Zug nach Norden und unternahmen mit einem Dschungelführer eine dreitägige Wanderung. Er nannte sich *Kai the crazy Jungle Guy*, ein alter Vietnamese, der jeden Stein, jeden Baum und jeden Spinnenbau im Umkreis von zwanzig Kilometern kannte. Seine paar Haare klebten in pechschwarzen Strähnen an seinem Schädel, und er lachte ein mitreißendes, zahnlückiges Wiehern. Er konnte ein paar Brocken Englisch, wahrscheinlich, weil er auf Seiten der Amerikaner gekämpft hatte, doch darüber sprach man dort nicht mehr. Durch den Dschungel bewegte er sich wie eine Wildkatze. Er sprang mehr als dass er ging, er behielt uns über die Schulter stets im Auge, und er hörte alles. Tagsüber bereitete er uns aus Flussmuscheln eine Suppe über dem Gaskocher, und während wir sie schlürften, setzte er uns haarige Spinnen auf den Kopf.

Bei unseren Nachtwanderungen zeigte er uns im Schein seiner Taschenlampe Gottesanbeterinnen und tastete in feuchter Rinde nach Riesennacktschnecken. Und immer lachte er dabei. Nur vor der Grünen Mamba warnte er uns eindringlich. Sie könne überall zusammengerollt liegen. Anders als tagsüber fliehe sie nachts auch nicht, wenn ein Mensch herangetrampelt komme, sondern sie erschrecke und beiße sofort zu. Ich konnte das der Schlange nicht übel nehmen. So würde ich mich an ihrer Stelle auch verhalten, nachts, im Dschungel.

Es kam, wie es kommen musste. Ben stolperte ein paar Meter hinter Kai und fiel der Länge nach hin. Im Gebüsch richtete sich eine Mamba auf. Ben drehte sich erschrocken um und leuchtete sie mit der Taschenlampe an. Die Schlange war giftgrün, zischte und warf den Oberkörper nach hinten. Sie war bereit zuzubeißen – da sauste Kais Bambusstock durch die Luft und brach dem Tier das Genick.

Der Vietnamese sprach kein Wort mehr, bis wir einen Bretterverschlag erreichten, unser Nachtlager. Kai warf uns aus der trockenen Hütte ein paar Scheite vor die Füße. Wortlos schürten Ben und ich das Feuer an. Nach einer halben Stunde kam der Alte mit einer Schüssel Reis zu uns, in die er Mangos, Papayas und Chilis geschnitten hatte. Wir aßen schweigsam. Bis Kai sich räusperte: »Mamba«, er imitierte Kriechbewegungen, zeigte uns sein zahnlückiges Grinsen und schnellte unvermittelt nach vorne, »bite you!«. Er zeigte auf sein Handgelenk, wo die Westler ihre Armbanduhren tragen, und hob mahnend den Finger: »Half hour!« Dann kippte er hintenüber, zuckte und machte Erstickungsgeräusche, bis er alle viere von sich streckte und in meine Richtung schielte. »Then we carry your dead friend through jungle.« Wir starrten Kai erschocken an, der wortlos aufstand und schlafen ging.

»Okay, hör zu«, sagte Ben in die Stille. »Ich muss mich irgendwie revanchieren. Der Typ hat mir schließlich vorhin das Leben gerettet. Aber wie? Der schaut mich ja nicht mal mehr an. Als wenn ich was dafür kann, dass diese verfickte Schlange neben mir im Gebüsch lag.«

Ich überlegte kurz. »Der Boss würde Kai einen Song schreiben ... und ihn *Snake on the Speedway* nennen oder so ähnlich.«

Ben guckte mich schief an: »Häh?«

»Der Alte summt doch den ganzen Tag irgendwelche Dylan-Songs. Den Kram haben bestimmt die Amerikaner gespielt damals, aber egal. Texte halt was um davon.«

»Weiß nicht. Ich hab meinem Vater zum Fünfzigsten mal *Tangled up in blue* umgedichtet. In *Ein Papa cool wie du*. Er fand's schrecklich.«

»Vergiss deinen Vater. Du bist jetzt hier im Dschungel, und heute Nachmittag wärst du beinahe an deiner Zunge erstickt und hättest dir vor Schmerzen die eigenen Knochen gebrochen, bevor du jämmerlich ...«

»Ist ja gut jetzt!« Ben kramte sein Tagebuch aus dem Rucksack, und wir begannen im Feuerschein zu kritzeln. Der Titel stand schnell fest: Aus *Tangled up in blue* machten wir *A Jungle Guy like you*. Nachdem der Titel feststand, floss es wie von alleine. »Like a wildcat you swing the Bamboo?«, notierte Ben.

Ich sang es: »*Like a wildcat you swing the bamboo ...*«

Dann Ben: »*... a Jungle Guy like you.*«

In diesem Moment sprang ein kniehohes Vieh aus dem Dschungel, fauchte leise und stolzierte einmal durch den Lichtkegel an uns vorbei, als präsentiere es dem Publikum auf einer Bühne seine makellose Schönheit. Es war eine getigerte Wildkatze, durch ihr glänzendes Fell wanderten die Reflexionen des Feuers, und ihre Augen stachen durch die Nacht wie kleine Taschenlampen. Sie machte zwei wohlige Schnurrlaute, drehte ihre Fellohren in alle Himmelsrichtungen und verschwand mit einem geräuschlosen Sprung im Dickicht. Kein Knacken, kein Geräusch mehr.

»What the …«

»… Fuck«, vollendete Ben.

»Und erzähl mir jetzt nicht, das sei Zufall«, ich stoße mit Mary an, die sich ein Bier aufgemacht hat. Charlie sah zufrieden aus, weil wir sofort ins Gespräch gekommen waren.

»Habt ihr dann tatsächlich gesungen für *Kai the crazy Jungle Guy*?«

»Klar haben wir gesungen. Als wir drei zurück am Ausgangspunkt der Tour waren, spielten wir für ihn zum Abschied *A Jungle Guy like you*.«

»Und?«

»Ich glaube, Kai hat es schon irgendwie gefallen.«

Mary und ich sitzen auf dem Ecksofa, von dem aus man durch das Panoramafenster Richtung Garten und weiter auf den Ozean blickt. Charlie und ein paar seiner Studenten stehen am Grill, jeder mit einem Bier in der Hand. Pam und Joy mümmeln in der Hollywoodschaukel und haben sich in Richies US-Flagge gehüllt, inzwischen ist es doch kühl geworden.

»Karl sagt, du liebst Springsteen. Warum habt ihr dann was von Dylan gespielt?« Ihre Hände wühlen die ganze Zeit in ihrem pechschwarzen Haar. Verdammt, Mary sieht aus wie Bruce auf dem Cover von *Darkness on the Edge of Town*, nur hübscher, versteht sich. Ich starre sie an.

»Tom?«

»Yes. Sorry.« Reiß dich zusammen. »Na ja, wenn man Springsteen liebt, dann mag man Dylan zumindest, glaube ich.«

»Ich liebe Bruce«, Mary richtet sich auf.

»Ja?« Bisschen zu laut dieses *Ja*. Ich räuspere mich und stelle meine Stimme tiefer. »Äh, ja?«

»Jedes Mädchen aus Jersey liebt Bruce. Aber Dylan?« Sie macht eine abfällige Geste.

»Wo wohnst du denn?«

»Drüben in Asbury.«

»Wow, Asbury Park. Da muss ich auch noch hin. Ich habe mir vorgenommen, dass ich einfach überall hin-fahre, wo Bruce auftauchen könnte. Ich war heute schon in der E street.«

»Und was wolltest du dort?«

»Charlie hat dir nicht erzählt, dass …«, frage ich, »… also, warum ich …«

Mary zuckt mit den Schultern.

»Ich will das Zentrum des Universums sehen«, sage ich wie aus der Pistole geschossen. »Und das muss irgendwo bei Bruce in der Nähe sein.«

»Du willst das Zentrum des Universums sehen, und dann landest du in der E Street in Belmar?«

Ich nicke.

»Weißt du was? Morgen habe ich Zeit. Das Jersey

Shore ist ein Dschungel. Du wirst einen Führer brauchen. Ich bin *Mary the crazy Jersey Girl.*«

»Ich muss morgen nach New York. Da ist ein Rockkonzert, das ich sehen muss.«

»Dann komm ich mit, wenn du willst.«

Kann das Zufall sein?, hatte ich Mary gefragt. Dass ich ein Mädchen aus Jersey am Jersey Shore treffen würde, fragte sie. Nein, das nicht, sagte ich. Dass dieses Mädchen auf Springsteen stünde? Auch nicht, nein. Aber dass sie Mary heiße, erwiderte ich, und dass sie eine Bootleg-Sammlung von Konzerten aus dem *Stone Pony* Anfang der Siebziger besäße. Und dann erzählte ich ihr von der Wildkatze. Mir kommt es nämlich eher so vor wie damals im Dschungel. Ben und ich hatten diese Wildkatze heraufbeschworen, und irgendwie habe ich nun Mary herbeigezaubert. Kai, der Dschungelmann, hatte damals nur kurz gelacht, als wir ihm von unserem nächtlichen Besucher erzählten. Er konnte uns lediglich den vietnamesischen Namen der Wildkatze nennen, auf Englisch fiel ihm nur »Little Tiger« ein. »Very lucky«, sagte er, selten sei dieses Tier geworden, weil überall der Dschungel gerodet würde. Die wenigen kleinen Tiger, die noch nicht vertrieben worden seien, lebten in den Baumkronen und zeigten sich nur selten.

Charlie beobachtet Mary und mich den Abend über grinsend. Als die Party vorbei ist, und auch Mary sich verabschiedet hat, trinken wir Brüder ein letztes Bier auf dem Sofa. Nur ein paar vereinzelte Lichter sind über dem Atlantik verstreut zu sehen. Gestern hatte ich Mutters Mitbringsel, die DVDs, auf einen Stapel Filme neben die Anlage gelegt. Ich wollte den richtigen Moment abwarten, um Charlie sein Exemplar zu geben. Jetzt hole ich Luft, doch mein Bruder kommt mir dazwischen: »Professor Aldrich – Ricarda –, sie ist super, weißt du. Wir trösten uns über den Moment hinweg. Keine großen Verpflichtungen, nur wir zwei, ein paar Wochenenden und dieses Haus. Mehr ist da nicht.«

»Und wer ist der Mann auf den Fotos?«, ich nicke in Richtung des kleinen Holztisches, der fast wie ein Altar vor der Steinwand steht. Der bärtige Mann strahlt mit seinem immergleichen freundlichen Lächeln.

»Jeff, ihr Mann. Er ist vor ein paar Jahren ganz jämmerlich an Krebs verreckt.«

»Ist er hier gestorben?«

»In diesem Haus meinst du? Nein. Soweit ich weiß, war er am Ende im Krankenhaus. Ricarda redet nicht viel von ihm. Ich kam im Semester nach Jeffs Tod an den Lehrstuhl. Ricarda arbeitete damals wie eine Verrückte, ich wollte Tina vergessen, und sie kümmerte sich darum, dass mit meinem Buch alles ein bisschen schneller ging. Wir verstanden uns gut. Das passte dann einfach, weißt du. Sie ist ein *Jersey Girl*. Wie Mary.«

»Mary ist super.«

»But a *Gypsy Woman*.«

»Was meinst du damit?«

»Sie lebt im Jetzt, ganz und gar im Augenblick. Jeder verliebt sich in sie, über kurz oder lang, das ist echt lustig anzugucken an der Uni.«

»Und Ricarda?«

»Sie hat eine Tochter und dieses Riesenhaus. Was meinst du, was die für eine Hypothek an der Backe hat?

Da ist nichts mit im Jetzt leben. Die wenigsten Amerikanerinnen können das, ist mein Eindruck.«

»Warum hast du mir nie etwas was von Ricarda erzählt?«

»Ich hab niemandem von ihr erzählt«, sagt Charlie in diesem Tonfall, in dem er vollendete Tatsachen verkündet. Es ist derselbe Tonfall, in dem er uns damals mitteilte, dass Tina und er auswandern würden. Nun wird er – wie damals – das Thema wechseln. »Und, bist du manchmal beim alten Werner?«, fragt er.

»Ja, Ben und ich schauen eigentlich jedes Wochenende bei ihm vorbei. Im Grunde habe ich meine Reise hierher Werner zu verdanken.«

»Wie kommt's?«

»Er hat mich nachts angerufen, sich als Bruce Springsteen ausgegeben und mich auf die Reise geschickt.«

»Das ist typisch.«

»Ja.«

»Wie geht's ihm denn?«

»Ich glaube nicht so gut. Er hängt fast den ganzen Tag am Sauerstoff, er ist ziemlich dünn geworden.«

»Ich muss ihn bald mal wiedersehen. Ich will sowieso schon seit Monaten einen Flug buchen, aber irgendwie … weiß nicht.«

»Mutter vermisst dich«, sage ich in die Pause. »Sie ist cooler geworden, weißt du. Seit ich ausgezogen bin, hat sie wohl das Gefühl, dass sie ihren Job erledigt hat, oder so. Sie genießt das Leben. Das Jetzt.«

»Das ist gut«, sagt Charlie.

»Und mit Tina hatte sie ja offenbar auch nicht so ganz unrecht.«

Charlie behält seine Gedanken zu diesem Thema für sich, obwohl er genau weiß, dass etwas dran ist.

»Sie hat uns was mitgegeben.« Ich stehe auf und nehme eine der DVDs vom Stapel. »Das müssen Filmaufnahmen sein. *1980* steht hier drauf.«

»Gib mir ein bisschen Zeit, Tommi, ich kann das jetzt nicht.«

Als ich am nächsten Morgen noch verschlafen durch den Flur im ersten Stock tapere, höre ich Geräusche in Professor Aldrichs Schlafzimmer. Ich reiße die Tür auf, um meinen Bruder zu erschrecken. So wie früher. Auf dem Bettgestell steht eine dicke Frau und hält ein Staubsaugerrohr unter den Lattenrost. Mit einer Hand stemmt sie die Matratze nach oben. Als ich hereinplatze, erschrickt sie, rutscht ab und landet auf ihrem Hintern, wo sie von der Matratze begraben wird.

»Mister Charlie gone«, ruft sie mit gedämpfter Stimme.

»Oh, sorry! I'm sorry!«, sage ich in Richtung ihrer Füße, die noch hinausgucken. »So sorry!«

Das ist also Conzuela, von der mir Charlie erzählt hat, und natürlich hat er erwähnt, dass sie um acht Uhr morgens zum Saubermachen kommen würde. Während ich der Mexikanerin wieder auf die Beine helfe, sehe ich, dass Charlies pinke Metal-Stratocaster in der Ecke an einem kleinen Übungsverstärker lehnt. *Nur ein paar Wochenenden,* hatte Charlie gesagt. Ich muss grinsen. Kein Mann, der eine Gitarre ins Haus einer Frau stellt, wird nur ein paar Wochenenden dort bleiben.

Nach meinem Morgenritual, den Tag mit einem starken Schuss Koffein zu beginnen, trete ich mit zwei Pappbechern Milchkaffee für unterwegs auf den Rasen und werfe einen prüfenden Blick auf die Küstenstraße. Mary ist noch nicht zu sehen. In der Garage stelle ich die Becher auf die Waschmaschine und schaue mich suchend um. Einer der Umzugskartons, die ich damals mit Charlie gepackt hatte, steht zusammengefaltet an der Wand. Ich schnappe ihn mir und reiße eine Seite ab. Ich tunke einen dicken Pinsel in rote Ölfarbe und schreibe in großen Buchstaben ein paar Worte auf die unbeschriftete Seite. Ob man lesen kann, was ich geschrieben habe? Muss reichen, denke ich mir. Ich werfe den Karton auf die Ladefläche und klemme ihn fest. Jetzt kann es losgehen. Als ich noch mal die Küste runterschaue, sehe ich Mary.

Sie ist noch ein paar hundert Meter entfernt, aber ich kann erkennen, wie ihre Locken im rechten Winkel Richtung Europa geblasen werden. Sie schlendert auf der Düne am Zaun entlang. In einer Hand trägt sie ihre Schuhe, in der anderen einen grauen Kasten mit Tragegriff. Ich winke ihr zu, sie winkt zurück. Dann hole ich die Kaffeebecher aus der Garage und steige in Charlies Pick-up. »Den alten Diesel musst du vorglühen«, hat Charlie gesagt. »Unbedingt vorglühen.« Als ich den Schlüssel halb umdrehe, leuchtet die Anzeige für den Glühdraht auf. Mary ist inzwischen auf die Straße gewechselt. Ich schaue wieder auf die Anzeige. Der Draht leuchtet. Mary läuft über den Rasen. Der Draht leuchtet immer noch. Dieser verdammte Draht!

Mary öffnet die Beifahrertür und stellt den grauen Kasten hinter die durchgehende Sitzbank, wo ölige

Tücher und Surfwachs liegen. Jetzt reicht es mir mit dem Draht. Ich steige aus und umarme Mary. Ihre Haare riechen wie Zitronenkuchen. Ich drücke ihr den Kaffee in die Hand und laufe ums Auto zurück. Als ich mich wieder hinters Steuer klemme, leuchtet die Anzeige noch immer. Mary lächelt mich an.

»Scheiß drauf«, sage ich.

»Scheiß drauf«, sagt Mary lächelnd.

Was sie wohl meint, frage ich mich kurz und lasse den Truck an.

»Okay«, Mary stellt den Kaffeebecher in eine Haltevorrichtung, die Charlie zwischen Fensterscheibe und Abdichtung gesteckt hat, und klappt eine Straßenkarte auf. »Wir müssen planvoll handeln. *Planvoll*, kann man das sagen?«

»Glaube schon«, ich merke, dass ich überhaupt noch nicht wach bin.

»Sonst schaffen wir das alles nämlich nicht. Ich habe die wichtigen Punkte auf einer Route markiert.« Sie erklärt mir in kurzen Worten, was wir ungefähr vorhaben, aber verschweigt ganz offensichtlich das Beste. Anna macht das auch immer so, und auch sie kriegt nie das Grinsen aus ihrem Gesicht. Fast ist mir, als säße sie zwischen uns. Als gucke sie sich interessiert an, was so passieren wird heute. Mary kämpft noch immer mit der Karte. Ich schaue Anna in die Augen. Doch sie guckt weg.

»Und ich habe uns gestern Nacht noch ein Roadtape aufgenommen«, ergänzt Mary und wedelt mit einer Kassette vor meiner Nase herum.

»Diese Schrottlaube hat aber nur Radio.«

»Das ist, warum ich das hier gebracht habe.« Hinter

der Sitzbank holt sie den grauen Kasten hervor. Sie öffnet die Klappe eines alten Gettoblasters und schiebt die Kassette hinein. »Du willst das Zentrum des Universums sehen?«, fragt sie. »Dann geht es jetzt los.«

»*It's a town full of losers*«, singe ich.

»*And we're pulling out of here to win*«, Mary schenkt mir ein wirklich bezauberndes Lächeln.

Anna ist wieder verschwunden.

Von dem Geld, das ich zu meinem Dreißigsten bekam, hatte ich Bens Vater den alten Saab abgekauft. Herr Stadler wollte ihn eigentlich seit Wochen umgemeldet haben, aber er kam angeblich nie dazu. Er steckte in seiner schlimmsten Krise, so Ben. Früher hatte ich meist Charlies Jeep mitbenutzt oder mir den alten Citroën meiner Mutter geliehen. Aber jetzt wollte ich mein eigenes Auto, um Anna die Gegend zu zeigen. Deshalb rief ich bei Bens Vater an.

»Hallo«, seine tiefe Stimme rasselte am anderen Ende der Leitung.

»Herr Stadler?«

»Ja?«, er räusperte sich, als habe er tagelang kein Wort gesprochen.

»Kann ich den Saab vielleicht schon heute haben?«

Lange Stille.

»Herr Stadler?«

»Komm vorbei.«

Eine Stunde später klingelte ich an der Reihenhaushälfte am Stadtrand. Ben hatte mich vorgewarnt, dass sein Vater ein Dasein als Eremit führe, seitdem ihn die Frau sitzen gelassen habe, für die er wiederum Bens Mutter verlassen hatte. Herr Stadler öffnete mir die

Wohnungstür. Seine Brille war verschmiert, er trug einen türkisfarbenen Bademantel mit Flecken am Revers. Er ging voran in die Küche. Die Tür des Gästeklos stand offen, es müffelte, und im Wohnzimmer herrschte ein Chaos, als wäre eine Handgranate explodiert.

»Magst du was trinken, Kaffee, Tee?«

»Gern 'nen Kaffee.«

Er stellte mir eine Tasse vor die Nase und ließ sich ächzend auf die Eckbank sinken. Auf dem Küchentisch lag der Autoschlüssel bereit. Am liebsten hätte ich ihn mir geschnappt und wäre aus dieser Depressivenhölle gerannt.

»Sind die zweitausend auf Ihrem Konto angekommen?«, fragte ich.

»Was weiß ich …«

»Ich brauche das Auto, um ein Mädchen auszuführen, wissen Sie?«

»Ach«, sagte er verächtlich und winkte ab. »Überleg dir das gut. Nicht, dass es dir eines Tages genauso geht wie mir.«

»Was ist denn passiert?«, fragte ich und beugte mich nach vorne.

Bens Vater drehte seinen Kopf ins schummrige Licht, das schwach durch die verdreckten Fensterscheiben fiel, und nahm seine Brille ab. »Da lasse ich dieser Schlampe für zehntausend Euro die Brüste sanieren, und dann brennt sie mit ihrem Scheißyogalehrer durch.«

»Oh«, jetzt verstand ich, wo Bens Hang zum Fluchen herkam.

»Und ich Idiot dachte, der wär schwul!«, brüllte er.

»Das tut mir furchtbar leid.«

Eine Minute später saß ich in meinem Saab, drehte den Schlüssel um, legte *Born to Run* auf und flüchtete, ohne mich umzudrehen.

Schnell fand ich Annas Straße. Nach der zweiten Party im Abbruchhaus hatte ich sie sofort angerufen. Ich habe es immer schon albern gefunden, erst ein paar Tage zu warten. Außerdem hatte sie mir mit ihrer SMS eine Vorlage geliefert, was ich mutig und stolz fand. Sie erklärte mir den Weg zu ihrer WG und warnte mich, dass ich nicht erschrecken dürfe: Sie wohne mit Klo auf halber Treppe. Das war für Anna, so wie ich sie inzwischen kenne, wirklich tollkühn. Die Toilette und die Küche teilte sie sich mit einer magersüchtigen Kunststudentin und einem Soziologen, der beinahe täglich mit neuen Tattoos nach Hause kam. Er arbeitete sich seine Arme hinab und warf die mit Tinte und Blut beschmierten Bettlaken auf Annas Wäschehaufen.

Als ich die Treppe hinaufkam, stand die Tür offen. Ich klopfte und ging rein. Schon bevor ich mich so richtig in sie verliebt hatte, war mir klar, dass ich Anna da rausholen musste.

»Bin gleich da«, rief sie. In ihrem Zimmer schepperte es. Als sie in den Flur kam, fiel der Sonnenschein direkt auf Annas Haar. Der feine Flaum am Ansatz schimmerte. Sie trug kaum Make-up und hatte ein langes Sommerkleid mit einem Muster aus Blumen und Zweigen ausgesucht. Im Vorbeigehen warf sie noch einen prüfenden Blick in den Spiegel und schlüpfte in ein Wolljäckchen. »Okay. Wir können gehen.«

Du siehst wunderschön aus, dachte ich. »Ja, lass uns abhauen«, sagte ich.

»Ich muss … da ist noch was, das ich …«, sie holte

Luft und riss sich zusammen. »Es gibt jemanden. Oben in Hamburg, wo ich die vergangenen Jahre lebte. Aber es ist nicht wichtig. Ich muss das nur klären, weißt du. Obwohl das nicht so einfach wird. Ich will bloß, dass du es weißt.«

»Wie gesagt: Lass uns abhauen«, ich öffnete die Wohnungstür und nickte in Richtung Treppe.

Anna wollte die Stadt sehen, doch ich zeigte ihr den direkten Weg hinaus. Leise spielte ich *Thunder Road*, als wir auf die Autobahn einbogen. Der Moment fühlte sich groß an, und er verdiente einen großen Song. Ich genoss ihn still. Heute musste Anna noch nicht wissen, wie weit ich für den Boss gehen würde.

»Ist das Bruce Springsteen?«, fragte sie aus heiterem Himmel.

»Äh, ja.« Ich war perplex.

»Das Ende mag ich vor allem«, sagte sie.

»*We're pulling out of here to win*«, murmelte ich.

»Obwohl ich auch mag, was er mittendrin singt.«

Ich konnte es nicht fassen. Anna mochte *Thunder Road*. Und sie hörte sogar zu. *Sie hörte zu.*

»Wenn er singt, dass sie nicht mal besonders toll aussieht.«

»*You ain't a beauty, but, hey, you're alright.*«

»Genau.«

»Du siehst wunderschön aus«, sagte ich und dachte an die Karteikarte, die Ben und ich gerade erst einsortiert hatten: *Unbedingt mal zu einer Frau sagen: »Hey, ich bin's. Und ich will nur dich.« (Thunder Road)*

Der Wind wehte ziemlich stark, als wir am Ammersee ausstiegen und ich Anna erklärte, dass man sich als allererstes mit den Seen auskennen müsse, wenn man München verstehen wolle. Anna sagte dazu nichts. Sie ging ans Wasser, untersuchte dort den Kies und fand einen flachen Stein. Dann warf sie ihr Jäckchen auf einen Busch, holte aus und ließ den Stein etwa zehn Mal über die Wasseroberfläche springen.

»Wow«, ich war beeindruckt.

Sie klatschte zwei Mal in die Hände, um den Staub abzuklopfen. »Kaufst du mir jetzt ein Eis?«

Wir setzten uns in ein Café und redeten uns die Ohren wund. Ich bin ein relativ stiller Kerl, normalerweise. Eine Diskussion mit mir kann sich anfühlen, als rede man in eine Gegensprechanlage, die an einem Ende kaputt ist – aber an diesem Tag war alles richtig verkabelt.

»Um das mal zu komplettieren hier. Was machst du eigentlich?«, fragte Anna.

»T-Shirts«, sagte ich. »Ich entwerfe und produziere T-Shirts für eine kleine Firma.«

»Du kannst zeichnen?«

»Das nicht«, sagte ich. »Na ja, nicht besonders. Ich bin wie ein Webmaster, der nicht programmieren, wie ein Komponist, der keine Noten lesen kann. Soll's ja auch geben.«

»Ich mag dich trotzdem«, sagte sie.

Abends setzte ich Anna wieder in ihrem WG-Martyrium ab. Sie umarmte mich, als wolle sie mich nicht loslassen.

Seit Jahren hatte ich keine ernst zu nehmende Beziehung mehr. Stattdessen hatte ich gearbeitet wie ein Tier, um meine Designs bei *TeeZee* durchzusetzen. Abends war ich dann in meine viel zu große Wohnung gegangen. Dort saß manchmal schon Ben. Er besaß den Zweitschlüssel, der inzwischen an Annas Bund hängt. Wenn kein Fußballspiel im Fernsehen lief – und ich hatte sogar Premiere – zogen Ben und ich mit den anderen Jungs um die Häuser. Es war ein gutes Leben, doch an ruhigen Abenden fragte ich mich, wie ich jemals auf jemanden stoßen sollte, der mich zumindest ein Stück weit bewegen könnte.

Diese Karambolage, so stellte sich schnell heraus, sollte ich mit Anna erleben.

Wir hielten es nach dem Ausflug an den See keine drei Stunden ohneeinander aus. Ich dankte ihr per SMS für den schönen Tag. Kurz darauf antwortete sie, dass sie gerade einen Haufen Arbeit habe, sich aber bald melden würde.

Zwei Tage später rief mich unser Anzeigenleiter an und erzählte ganz begeistert von den Aufnahmen, die diese Fotografin gerade von der neuen Kollektion mache. »Anna Lehnert«, sagte er. »Die müssen wir enger an uns binden, Tom. Die ist phantastisch.«

»Wie ist das eigentlich, Mary?«, frage ich und prüfe im Rückspiegel, wann der Holzlaster endlich zum Überholen ansetzt, »wenn man in jedem zweiten Springsteen-Song besungen wird?«

»Super«, sagt Mary. »Aber eine Zeit lang hasste ich jeden Song, in dem das Mädchen nicht *Mary* hieß.« Sie deutet auf die Autobahnausfahrt. »Hier müssen wir runter.«

»Aber wen gibt's denn da noch groß?«, frage ich und setze den Blinker. »Okay, Wendy in *Born to Run* natürlich …«

»Sandy, Candy, Janey, Daisy, Rosy, Terry.«

»Terry ist doch ein Mann.«

»Bullshit. *Bobby Jean* ist ein Mann.«

»Na, das weiß ich auch. Und wo du es schon sagst: Ich war mal mit einer Candy zusammen.«

»Echt?«

»Ja, ihr Vater war sogar wirklich ein Bruce-Fan.«

»Mit einer Sandy auch?«

»Jeder deutsche Mann hat mit irgendeiner Sandy geschlafen. Statistisch betrachtet, kommt man da wahrscheinlich gar nicht drum herum.«

Mary zieht die Augenbrauen hoch und schaut nach vorne auf den Verkehr. Wir nähern uns einer Ortschaft. An den grünen Böschungen stehen kleine Holzhäuser. In den Gärten schaukeln Kinder, Großväter bewässern Hecken mit Gartenschläuchen.

Als mein Telefon klingelt, fahre ich an einer kleinen Ladenzeile rechts ran. Ein bisschen sieht es hier aus, als wären wir in einem Westerndorf. Es fehlen nur die Schwingtüren und die Pferdetränken. »Hallo?«, sage ich ins Telefon.

»Tom, hier ist Lena.«

»Lenchen.«

»Die werden dich feuern.«

»Warte mal, Lena, sorry.« Ich wende mich meiner Beifahrerin zu: »Drei Minuten, okay?« Entschuldigend gucke ich Mary an und steige aus. Sie nickt und kurbelt das Fenster herunter.

»Also, Lena, was ist los?«

»Tom, Der HH drückt dir für jeden Tag, den du fehlst, 'ne Abmahnung rein. Wenn du nicht zurückkommst, dann bist du raus hier.«

Einen kurzen Moment lang betrachte ich die Situation von außen, wie ein Wissenschaftler, der vor einer Versuchsanordnung steht. Dann beginnt meine Welt auch schon zu wackeln. »So schnell geht das also. Wahnsinn.«

»Was?«, Lena klingt gehetzt.

»Entschuldige. Ja, Scheiße, was soll ich denn unternehmen jetzt?«

»Du musst dir zumindest irgendein Attest ausstellen lassen, oder so.«

»Nein. So was mach ich nicht.«

»Wie, so was machst du nicht?«

»Lena, ich lass mir was einfallen, okay?«

»Aber was wird aus mir? Ich bin dann die Letzte von den Guten. Du treibst dich in Amerika rum, und hier geht der Laden hoch.«

»Lena«, sage ich mit Nachdruck. »Ich lasse mir was einfallen, okay?«

»Na, da bin ich ja mal gespannt.«

»Ich bin Freitag wieder da. Ich melde mich bei dir.«

»Und was sag ich Hitler?«

»Dass du mich nicht erreichen konntest. Stell dich einfach dumm.«

»Das krieg ich hin.«

»Weiß ich, Lenchen.«

Als ich auflege, schaue ich die Ladenzeile hinunter. Hinter meinen Augen jucken die Sorgen. Ich verdiene gut bei *TeeZee*. Was würde Anna sagen? Würde sie überhaupt noch was sagen? Aus dem Seitenfenster des Pick-ups baumeln Marys Füße. Sie hat sich auf die durchgehende Sitzbank gelegt.

Erstaunlich schnell gelingt es mir, mich zu sammeln.

»Nun ist aus der Reise eine Flucht geworden«, sage ich leise und blicke mich um. An einer der Ladenfassaden hängt eine Neonreklame. Eine E-Gitarre blinkt abwechselnd grün, gelb und rot. »Mary?«, rufe ich.

Sie hebt den Kopf und guckt durch die schmale Rückscheibe über die Ladefläche. »Ja?«

»Bin gleich wieder da.«

Als ich nach fünfzehn Minuten in den Pick-up steige, nimmt Mary ihre Füße vom Armaturenbrett und klappt die Landkarte wieder auf. Ich lächle sie an und schaue dann über die Schulter auf die Straße hinter mir. An die zwanzig Autos muss ich vorbeilassen. Mary mustert mich. »Glaubst du, ich hab das nicht gemerkt?«, fragt sie.

»Was?«

»Das.« Sie nickt durch das kleine Fenster hinter uns Richtung Ladefläche. Zwischen den abgewetzten Surfanzügen liegt ein schwarzer Gitarrenkoffer mit Schlangenlederdruck.

»Ist nicht für mich.«

»Soso«, sagt Mary und spielt *Hungry Heart.*

»Alright!« Ich biege auf die Straße.

»Glaubst du eigentlich, Bruce singt im Auto seine eigenen Lieder?«, fragt Mary.

»Das will ich doch hoffen. *Got a wife and kids in Baltimore jack. I went out for a ride and I never went back.*«

»Okay, einfach geradeaus.« Mary kneift die Augen zusammen.

Nach ein paar Meilen sagt sie »Psst« und legt erneut den Zeigefinger auf die Abspieltaste des Gettoblasters. Als am rechten Straßenrand das Ortsschild von Freehold vorbeizieht, drückt sie auf Play. *My Hometown* beginnt. Das Publikum jubelt. »Ist hier aufgenommen worden«, sagt Mary.

Sie lotst mich durch das Dorf wie einen Fahrschüler. Bei der Stelle, an der Bruce davon singt, wie ihn sein Vater auf den Schoß genommen hat und mit ihm durch Stadt gefahren ist, habe ich einen Kloß im Hals, wie immer. Mary und ich wissen nichts voneinander. Gar nichts. Wie will sie mir das Zentrum des Universums zeigen?

»Institute Ecke South«, sagt Mary und deutet auf ein unscheinbares zweistöckiges Haus.

»Hier hat er also als Kind gewohnt …«, sage ich.

Mary nickt und lächelt. Dann beugt sie sich über mich und öffnet meine Tür. In der Seitenstraße spielen zwei Jungs Rollhockey. Sie haben die Tore auf die Straße geschoben und tragen Ellbogenschützer und Sturz-helme. Über ihren Köpfen ragt ein weißes Wassersilo in den Himmel wie eine stählerne Killermaschine aus einem alten Science-Fiction-Film. Auf der Veranda des Hauses stehen zwei Fensterchen offen. »Da wohnt ja noch jemand«, sage ich. »Ist kein Museum. Cool. Ein *Local Hero* eben.«

»*Local Hero*, bullshit«, sagt Mary. »Die Stadt wollte ihm sogar ein Denkmal errichten. Die Leute hier erzäh-len sich, dass Bruce aber eine Menge Geld gespendet hat, um das zu verhindern.«

Ich muss so laut lachen, dass einer der Hockey-Jungs aufguckt und – doing – einen Ball an den Helm kriegt.

»Saukomisch«, sage ich und zupfe an Marys Jacke. Doch sie fummelt schon wieder am Gettoblaster he-rum.

»Weißt du«, sagt sie, »das Gute an *Freehold* ist, dass man Bruce danach mit anderen Augen sieht.« Sie drückt auf Play. Eine Akustikgitarre erklingt, Bruce fängt an zu singen: *I was born right here on Randolph St. in Freehold. Well, I went to school right here, got laid and had my first beer in Freehold.*

Das Publikum johlt im Hintergrund.

»Wir müssen weiter«, sagt Mary. Ihre Straßenkarte ist gesprenkelt wie ein Straßenköter, und hinter jedem der Punkte hat sie sich Notizen gemacht. Wir fahren an einem unscheinbaren Gebäude an der Hauptstraße vorbei, wo Bruce laut Mary seinen ersten Kuss gekriegt hat – von einer Puerto Ricanerin namens Maria Espinosa Ayala.

»Woher weißt du das?«, frage ich.

»Hör doch einfach zu«, sagt sie.

I had my first kiss at the YMCA canteen on Friday night. Maria Espinosa tell me where are you tonight? You were thirteen but way ahead of your time.

»Das ist unglaublich, Mary«, sage ich, während die Musik läuft. Wir fahren an der Stadthalle vorbei, in der er *Freehold* spielte, als er in seiner Heimatstadt auftrat und das Publikum fragte, ob Maria anwesend sei. Wir trinken ein Bier und essen einen Cheeseburger in Springsteens ehemaliger Stammkneipe am Straßenrand. Vor vielen Jahren hatte eine Franchisekette das alte *Roadhouse* übernommen. Bruce wurde seitdem nie wieder hier gesehen. Mary posiert vor einem vergilbten Foto, auf dem Bruce missmutig in die Kamera prostet, und prostet missmutig in die Kamera. Als die Tür hinter uns zufällt, haben wir einen im Tee und schwingen uns wieder in den Truck. Mary lotst mich raus aus der Stadt, und für diesen Moment hatte sie die letzte Strophe von *Freehold* aufgespart:

Well, I got a good Catholic education here in Freehold.
Led to an awful lot of masturbation here in Freehold.
Hell, I still get a good one off once in a while and dedicate
it to Freehold.

»Krass«, sage ich. »Er wichst auf seine Stadt.«

»Ja«, Mary lacht frech. »Tun wir das nicht alle?«

»Vielleicht«, sage ich und denke an die S-Bahnhaltstelle drei Straßen entfernt von dem Haus, in dem ich aufgewachsen bin.

Nachdem wir uns kurz verfahren und eine Staubwolke über den Parkplatz eines Sägewerks gezogen haben, landen wir auf einer Landstraße, die von Weidezäunen gesäumt ist.

»Das muss es sein«, sagt Mary.

Weites, weites Land erstreckt sich vor unserer Windschutzscheibe, die inzwischen von Insektenleichen übersät ist. Hier und da steht ein Gewächshaus am Straßenrand. Große Auffahrten führen zu Anwesen, die auf sanften Hügeln thronen.

»Okay, jetzt weiß ich auch nicht so genau …«, sie blickt ratlos auf die Karte.

»Was suchen wir denn?«, frage ich und versuche mit Wischwasser den Insektenfriedhof zu beseitigen. Die alten Scheibenwischer ziehen gelbe Schlieren, was die Sache nicht besser macht.

»Na, was wohl …«, sagt Mary. »Seine Farm.«

In den paar Tagen nach unserem Ausflug, in denen Anna sich nicht meldete, räumte sie auf in ihrem Leben. Wir sprachen nie darüber, was da genau ablief, ich vertraute ihr einfach. Und dann stand sie eines Nachts mit einem Koffer vor meiner Wohnung. Meine Tür war weit offen. Nie hatte ich jemanden so bereitwillig in mein Leben gelassen. Dazu muss man sagen, dass ich nie etwas tue, was ich nicht will. Anna tickt genauso. In den ersten Wochen unserer Beziehung fanden wir alles super, was der andere tat. Innerhalb weniger Tage hatte sie ihre wichtigsten Klamotten und Kosmetika in meiner Junggesellenwohnung geparkt. Zwischen meinen T-Shirts lagen ihre Slips im Wäschekorb, und ich räumte für sie einen Teil meines Schranks leer. Mit Anna schien die Wohnung auch nicht mehr zu groß zu sein. Trotzdem schleppten wir ein paar Wochen später ihre Sachen aus der WG in eine kleine Wohnung, die sie für sich gefunden hatte. Wir fanden es richtig, erst mal nicht zusammenzuziehen. Dennoch konnte ich gar nicht so schnell gucken, wie Blumen auf meinem Tisch standen und Anna mein kackbraunes Geschirr entsorgte. Es dauerte auch nicht lange, da standen wir auf dem Wertstoffhof und verschrotteten mein altes Bett. Ich blickte in den Container und sah, wie die Müllpresse eine der Querstreben aus Birke durchbrach wie einen Zahnstocher. Wir kauften uns ein sauteures neues Bett und verließen es eine Woche lang nicht. Den Fernseher stellten wir nie an, die Vorstellung erschien uns absurd, dass andere Paare gerade *Wetten, dass …?* guckten und nicht miteinander schliefen.

Anna nahm mich an die Hand und zeigte mir ein anderes Leben, und nicht mal Ben protestierte. Ich hatte erwartet, dass er mich aufziehen würde oder sogar eifersüchtig werden könnte. Dem war aber nicht so. Er freute sich, dass ich nicht mehr länger der launische Bastard war, der ich oft gewesen bin, bevor Anna in mein Leben kam.

Als ihre Eltern das erste Mal zu Besuch kamen, nahmen wir Ben sogar mit zum Essen in ein französisches Restaurant. Annas Vater, ein jovialer ehemaliger Dandy, bestellte viel zu teuren Rotwein und erzählte Ben von seiner Sammlung alter Schlaghosenanzüge. Ben, der selbst ausschließlich Schlaghosen trägt, brach fast in Tränen aus. Das bekam ich aber nur am Rande mit, weil Annas Mutter ein Kinderfoto nach dem anderen aus ihrer Handtasche zog. Anna war das peinlich. Aber die Bilder waren entzückend. Auf fast jedem hielt Anna einen anderen Hund im Arm. Mit ihren wechselnden Zahnlücken wäre das ein perfektes Daumenkino. Ich verstand nach diesem Abend viel besser, wie Anna zu der Frau geworden war, die sie heute ist. Von mir selbst kriege ich das so nicht rekonstruiert.

»Deine Eltern sind cool«, sagte ich, als wir den Fluss entlang nach Hause schlenderten.

»Und erst seit Kurzem verheiratet. Mein Papa musste vor ein paar Jahren operiert werden. Es war nur der Blinddarm, aber er war seit seiner Geburt in keinem Krankenhaus gewesen und hatte panische Angst. Da machte er meiner Mutter vor der Narkose den Antrag.«

»So muss cs sein«, sagte ich.

»Die im Standesamt haben gesagt, so etwas hätten sie noch nie gehabt. Dass die erwachsene Tochter eines Hochzeitspaars bei deren Trauung anwesend ist – und beide ihre leiblichen Eltern seien.«

»Dann haben wir ja auch noch Zeit«, sagte ich.

»Ich werde dich jedenfalls nicht fragen«, stellte Anna ein für alle Mal klar.

An einer der wenigen Kreuzungen von Colt's Neck halten Mary und ich an einer Tankstelle. Das Dorf besteht überwiegend aus Pferdefarmen und Obstplantagen. Ein paar Stars sind hier rausgezogen, es ist nur eine gute Stunde nach New York. Hinter irgendeinem dieser Weidezäune muss sich Springsteens Gut befinden. Ich halte Mary die Tür zur Tankstelle auf, es bimmelt leise, und wir stehen im menschenleeren Verkaufsraum. Hinter der einzigen Tür geht die Klospülung.

»Ich muss mal pinkeln«, sagt Mary, als aus der Toilette eine Frau mit strubbelig-fettigem roten Haar kommt. Sie wischt sich die Hände an ihrem ölverschmierten Blaumann ab, unter dem sie keine weiteren Kleidungsstücke zu tragen scheint. Die Hosenträger leisten Schwerstarbeit, den Anzug nicht von ihrem Körper wegsprengen zu lassen.

»Hi there!«, sagt Mary.

Die Frau zieht die Nase hoch und mustert uns misstrauisch.

»Ma'am«, sage ich. »Wir suchen nach der Ecke Orchard Road und ...«

»Specter«, ergänzt Mary.

»Noch nie gehört.« Die Frau rückt ihre Mechanikermütze zurecht und nickt Richtung Zapfsäule. »72er Chevy, hah? Kommt einem nicht mehr oft unter, die Kiste. Kann ich mal 'n Blick unter die Haube riskieren?«

»Natürlich.« Leise frage ich Mary, woher ihre Informationen über die Straßenecke stammen.

»Von so einem Celebrity-Blog mit einem verpixelten Google-Earth-Foto«, flüstert sie. »Ich hatte nur eine Nacht lang Zeit, verdammt, ich bin todmüde.« Sie verschwindet auf die Toilette und schließt die Tür zwei Mal ab.

Als ich im Fußraum nach der Entriegelung für die Motorhaube suche, drückt die Mechanikerin sich mit ihren gewaltigen Brüsten an mir vorbei und zieht einen Hebel unter dem Lenkrad. Sie wuchtet die Haube auf, streckt ihren Kopf in den Motorraum und brüllt: »Lass an die Karre.«

Ich starre auf den leuchtenden Glühdraht, schließe die Augen und startete, ohne abzuwarten, den Motor. In Gedanken entschuldige ich mich bei Charlie. Als der Wagen vor sich hin bröppelt, nickt die Frau anerkennend.

Ich schaue zu Mary, die inzwischen bei mir an der geöffneten Fahrertür lehnt. »Die haben wir im Sack.«

»Wieso?«, fragt Mary und hält unter ihren Locken eine Hand ans Ohr.

»Ma'am«, rufe ich Richtung Motorhaube. »Wollen Sie vielleicht 'ne Runde drehen?«

»Hell, yeah.« Die Frau klappt die Haube zu, schließt den Laden ab und hievt ihren Körper ächzend hinter das Lenkrad. »Dann zeig ich euch mal die Gegend, was?«

Mary quetscht sich zwischen uns auf die durchgehende Sitzbank. Als wir auf die Landstraße biegen, stellt sie auf dem Gettoblaster leise den nächsten Song an. Wieder eine Liveaufnahme. Ich erkenne ihn zunächst nicht. Muss was aus den Neunzigern sein.

Die Mechanikerin nickt zum Takt. »Ich liebe diesen Scheißsong. Ist der von *Lucky Town* oder der anderen – wie hieß die Scheißplatte noch?«

»*Human Touch*«, sagt Mary.

»Wirklich eine Scheißplatte«, murmele ich. In den Neunzigern war Bruce einfach nicht er selbst, wenn ihr mich fragt.

»Wir sind auf Pilgerschaft, wissen Sie?«, sagt Mary.

Seit Werner es im Laden verwendet hat, habe ich das Wort nicht mehr gehört als Beschreibung meiner Reise.

»*We're lonely pilgrims*«, sage ich.

»*Struggling to do everything right*«, ergänzt Mary.

»Auf Pilgerschaft, hah?«, fragt die Frau. »Ist Bruce jetzt schon so 'n Scheißheiliger?«

»Mögen Sie ihn nicht?«, fragt Mary.

»Jedes Scheißmädchen, das Mary heißt, liebt Bruce«, sagt die Frau und lupft ihr Cappy.

»Hi Mary«, sagen wir gleichzeitig und schauen sie an, als würde ein Geist den Pick-up steuern.

»Erzähl mir jetzt nicht, das sei Zufall«, flüstere ich der kleinen Mary ins Ohr, die inzwischen halb auf meinem Schoß sitzt, weil es die dicke Mary heute noch nicht unter die Dusche geschafft hat.

Mit dem naivsten Tonfall, den sie hinkriegt, unternimmt sie einen Versuch. »Ist Bruce nicht Mitte der Neunziger nach Colt's Neck gezogen?«

»Nee. Das war später. Aber da vorn, da wohnt Queen Latifah«, sagt die Mechanikerin. Wir fahren an einem Weidezaun vorbei, der auch nicht anders aussieht als der Rest. Zwischen Bäumen auf einer Anhöhe erscheint ein weißes Farmhaus. Daneben stehen eine Scheune mit rostrotem Dach und ein Getreidesilo.

»Und wo wohnt Bruce?«

Das war zu forsch. Die dicke Mary knirscht hörbar mit den Zähnen. Dann tritt sie auf die Bremse und

160

bleibt mitten auf der Landstraße stehen. Der Motor gurgelt. »Ich muss wieder zurück.«

Ich versuche die Situation zu retten, indem ich auf Mitleid mache. »Mary, ich bin extra aus Deutschland angereist.«

»Seid ihr so 'n Haufen Scheißstalker, oder was?«

»Nein«, sage ich beschwichtigend.

»Nein!«, sagt Mary beleidigt.

Die Mechanikerin wendet in drei Zügen.

Nachdem wir wieder unter das Vordach der kleinen Tankstelle gebogen sind, steigt die dicke Mary aus und holt eine Ölkanne. Sie öffnet die Motorhaube, schraubt eine Dichtung auf und hält die Kanne hinein. Danach holt sie den Schlauch des Zapfhahns. Wir waren mit vollem Tank losgefahren, und die kleine Mary will schon protestieren, doch ich kann sie gerade noch bremsen. Während die Mechanikerin den Wagen voll- tankt, kann man sehen, wie es in ihr arbeitet. Ihre Kie- fer mahlen, als kaue sie Tabak. Ihr Blick wandert Rich- tung Landstraße und zurück. »Fuckin' hell«, sagt sie irgendwann und schüttelt mit dem Kopf. »Es ist die dritte Farm Richtung Osten.« Sie knallt den Hahn zu- rück in die Halterung und spuckt einen Batzen Rotz auf den Boden. »Aber er ist sowieso nicht da. Er ist fast nie hier. Er besitzt überall Scheißhäuser, in Rumson an der Küste und was weiß ich noch wo.«

Mary und ich lächeln uns an. Ich hole ein paar Dol- larscheine raus und will sie der Mechanikerin geben, doch sie winkt ab. »Damit will ich nix zu tun haben.«

Mary nimmt mir den Schlüssel ab, gibt Gas, fährt bis zum dritten Weidezaun und parkt den Chevy am Straßenrand. Der Zaun ist morsch und verfallen. Eine

Kiesstraße führt durch einen Nadelwald den Hügel hinauf. Dickes Gebüsch und hohe Tannen versperren den Blick. Man sieht gar nichts. Das Motorengeräusch des Pick-ups stirbt ab. Mary zieht den Schlüssel.

»Was hast du vor?«, frage ich.

»Was glaubst du denn? Ich guck mich jetzt um. Wo wir schon mal hier …« Mary blickt plötzlich auf. Aus der Einfahrt der Farm biegt ein weißer Geländewagen auf die Landstraße und bleibt stehen. Nach ein paar Sekunden setzt er seine Fahrt in unsere Richtung fort. Ich reiße Mary um. Wir liegen mit den Gesichtern auf der durchgehenden Sitzbank.

»Wir sind tatsächlich Scheißstalker«, flüstere ich. Meine linke Hand ist tief in Marys Mähne vergraben. Mary lacht leise und rückt ein Stück näher an mich heran. Ich streiche ihr das Haar aus dem Gesicht. In meinem Kopf schrillt eine Luftschutzsirene. Ich habe Anna nie betrogen und ich bin mir sicher gewesen, dass es mir auch nie passieren würde. Anna ist doch … Ich kann doch nicht … Ich muss hier raus …

Draußen rollt der weiße Geländewagen an uns vorbei. Als das Motorengeräusch in der Ferne verstummt, heben wir gleichzeitig den Kopf und knallen mit der Stirn zusammen.

»Ouch.« Mary hält sich die linke Augenbraue und drückt ihre Wange gegen meine Brust.

»Sorry«, sage ich und gucke knapp über den Fensterrand wie ein Privatdetektiv. Draußen ist niemand zu sehen.

»Kein Problem«, sagt Mary und legt ihren Kopf auf meine Schulter. Meine Hand wandert zu ihrer Hand, die klein wirkt wie ein Teelöffel. Ihre Nägel sind rosa lackiert. Diese mädchenhafte Farbe ist mir noch gar nicht aufgefallen. Ich nehme ihre Finger einzeln in die Hand und streiche über jedes der Glieder. Die feinen Härchen auf ihrem Unterarm sträuben sich. Kaum ein Atmen ist zu hören.

»Sollten wir …«, sagt sie in die Stille.

»Weiterfahren?«, frage ich und nicke, um mich sofort selbst zu bestätigen.

»Nein. Aussteigen, meine ich.«

»Lass uns weiterfahren.« Ich rutsche wieder hinters Steuer. Mary muss über meinen Schoß auf die andere Seite klettern. Dort wirft sie sich energisch in den Sitz.

»Wo müssen wir hin?«, frage ich sachlich.

Mary zeigt auf die Karte und guckt wortlos aus dem Fenster. Wahrscheinlich hätte sie den Kopf oben behalten, oder zumindest versucht, einen Blick auf die Person hinter dem Steuer zu werfen. Bestimmt ist es nur ein Angestellter gewesen, rede ich mir ein, der Hundefutter oder Klopapier besorgen musste.

Marys Schweigen ist bedrückend. Erst auf halbem Weg zurück zur Küste dreht sie sich abrupt zu mir: »So wird das nichts, weißt du!«

»Was denn?«, maule ich.

»Du musst schon mitmachen.«

»Wobei denn?«

»Na, wobei wohl?«, fragt sie und schlägt ihre Hacken zusammen, die auf dem Armaturenbrett liegen.

»Ich kann nicht. Ich will nicht«, stottere ich. »Ich finde dich super, das merkst du doch.«

Mary sagt eine Weile nichts. Dann atmet sie tief ein. »Ich werde dich schon nicht auffressen.«

»Ich weiß«, sage ich. »Ich weiß.«

»Also. Warum sind wir nicht ausgestiegen? Warum machst du nicht mit?«

»Wobei? Beim Leuten-Hinterhersteigen? Weil ich mich total beschissen fühle dabei«, sage ich.

»Aber wieso denn? Es war doch deine Idee, Bruce zu treffen. Du erzählst mir ja nicht mal, was du von ihm willst. Das Zentrum des Universums sehen ... Bullshit!«

»Du hast ja auch nicht gefragt.«

Sie verschränkt die Arme vorm Körper. »Okay, gut. Was willst du von Bruce?«

Kurz überlege ich, mir irgendeine Geschichte einfallen zu lassen, doch Mary stellt in die Stille die Frage, die kommen musste: »Hast du eine Freundin?«

Sag Ja, du Arsch. Sag Ja. Wenn du jetzt nicht Ja sagst, dann begrab dich doch gleich hier am Straßenrand. »Ich weiß nicht so genau. Im Moment ist alles ...«

»Was?« Mary klingt erstaunlich aggressiv.

»Na, schwierig ist alles im Moment.«

Mary blickt mich düster an. Dann bricht ein Lachen durch. »Na dann. Lass uns doch einfach Spaß haben«, ruft sie und wuchtet den Gettoblaster auf ihren Schoß. Mit einen lauten *Klack* öffnet sie die Klappe und reißt die Kassette heraus. »Das Tape hier brauchen wir nicht mehr.« Sie kurbelt das Fenster herunter und wirft das Band hinaus.

»Nein!«, rufe ich und fasse über sie hinweg, um sie irgendwie aufzuhalten. Der Pick-up bricht aus der Spur. Schräg hinter uns hupt ein Opa, der seinen alten Schlitten mit Haifischflossen spazieren fährt. Neben ihm schlägt seine Frau mit entsetztem Gesicht ihre Hände über ihrer lila Frisur zusammen. Ich blicke wieder nach vorne und sehe das Stauende. Mit beiden Füßen trete ich das Bremspedal durch. Die Reifen quietschen. Schlingernd kommen wir zum Stillstand. Ich atme durch und blicke sofort in den Rückspiegel. Kein Hintermann kommt herangerauscht.

»Was soll denn das, Mary?«

»Scheiß doch drauf!«

»Willst du, dass ich uns umbringe?« Ich gucke noch mal in den Rückspiegel. Der Motor bröppelt. Das Tape liegt zerbrochen am Straßenrand. Der Wind lässt das Magnetband über den Highway tanzen.

8. THE RIVER

Ich kenne Mary kaum, aber sie wirkt nicht wütend oder enttäuscht, als ich sie bei ihr zu Hause absetze.

»Ich brauche eine halbe Stunde«, sagt sie nüchtern.

She's a *Gypsy Woman*, hatte Charlie mich gewarnt.

»Geh doch an den Strand, ich hol dich dort ab.« Sie deutet durch die Häuserreihen Richtung Meer. Noch immer keine Emotion in ihrer Stimme. »Ich muss noch was erledigen.« Das Wort *Erledigen* setzt sie mit ihren Zeige- und Mittelfingern in Anführungszeichen. Sie lebt in einem Shotgun-Shack. Diese schlichten Häuschen heißen so, weil sie wie Schrotflinten mit zwei Läufen aussehen. Mary lebt in der rechten Hälfte. Während ich mich frage, weshalb sie sich durch die halb geöffnete Tür presst wie eine Diebin, stehe ich verloren an ihrem Briefkasten, auf halbem Weg zwischen Charlies Pick-up und Marys Tür. Dann laufe ich einfach los.

Ich hole mein Handy heraus, schalte auf den Countdown und schaue der Zeit beim Verrinnen zu. Noch zwanzig Minuten. Noch neunzehn. Wie schnell das geht. Vor zehn Tagen hatte ich den Timer gestellt. Durch die Seitenstraße der vordersten Häuserreihe gelange ich an den Strand und setze mich auf meine Jacke in den Sand. Noch zehn Minuten. Ich summe

Darkness on the Edge of Town und schließe die Augen. Noch fünf Minuten. Ich wende den Blick nicht mehr ab vom Display. Noch eine Minute. Als die Uhr abläuft, zehn, neun, acht, sieben, sechs, fünf, vier, drei, zwei eins, passiert nichts. Gar nichts.

Ich würde gerne Anna von diesem Moment erzählen, und überlege, sie mitten in der Nacht anzurufen, als ich schwere Schritte im Sand höre. Ich drehe mich um und erschrecke mich zu Tode. Ein riesenhafter Schatten stürmt auf mich zu. Ein schwarzes Monster von Hund wirft mich um, als wäre ich ein Kleinkind. Mit seiner rauen Zunge schleckt er mir quer über das Gesicht. Fauliger Fleischgeruch sticht mir in die Nase.

Mary hilft mir auf und hält ihren riesigen Labrador am Halsband fest. Sein Fell glänzt schwarz wie das einer Robbe. Aus seinem Maul hängt ein zäher Sabberfaden.

»Du musst mich ja nicht gleich zerfleischen lassen.«

»Der tut dir nicht weh. Und warum sollte ich dich zerfleischen lassen?«

»Du bist nicht sauer?«

»Warum sollte ich sauer sein? Der Tag ist noch lange nicht vorbei.«

Ich blicke auf den Timer, der stur bei 00:00:00 stehen geblieben ist. Mary hat recht. Es war noch lange nicht vorbei.

Der Hund zerrt an der Leine. »Und jetzt zeigen wir dir den Boardwalk.«

»Ich will kein Spielverderber sein«, ich bleibe auf dem Fleck stehen, »aber müssen wir nicht langsam nach New York? Es ist schon halb vier, und wir brauchen Karten für das Konzert«. Ich weiß, dass es so schon schwer genug werden würde, an drei Tickets zu gelangen.

»Vertraust du mir?«, fragt Mary.

Ich nicke.

»Gut, dann zeigen wir dir jetzt den Boardwalk.«

Mary bugsiert den Monsterhund auf die Ladefläche. Er setzt sofort beide Vorderläufe auf das rostige Dach und lässt hechelnd die Zunge aus dem Maul hängen. Auf einem vergilbten Schild an der Backsteinfassade steht *Berkeley*. Aus dem Dach des sternförmigen Komplexes ragt ein Turm in den Himmel und überblickt die Stadt. Mary drückt mir den Gettoblaster in die Hand und steigt mit dem Hund aus, der sie sofort an der Leine über den ausgestorbenen Parkplatz zerrt. Nachdem er unter einem Baum einen gewaltigen Haufen gesetzt hat, wirkt der Labrador etwas entspannter.

»Wo sind denn alle?«, frage ich und blinzle in die Sonne.

»Asbury ist tot«, sagt Mary.

Am Strand lässt Mary ihren Hund von der Leine. Mit großen Schritten trabt er ein paar Möwen hinterher, die immer wieder schimpfend aufflattern, bis sie ein paar Meter aufs Meer hinausfliegen, um ihre Ruhe zu haben.

»Bruce«, schreit Mary. »Come here.«

Als die Möwen auf den Wellen auf und ab schaukeln, steht der Labrador bis zum Bauch im Wasser und guckt verzweifelt zwischen uns und den Vögeln hin und her.

»Er ist ein wirklich sehr dummer Hund …«, sagt Mary.

Ich bleibe stehen und rufe Mary ungläubig hinterher: »Du hast ihn Bruce genannt?«

»… aber ich liebe ihn«, sagt sie.

Bruce schnüffelt einer stolzen Hundedame am Hinterteil und schubst sie ein paarmal ungestüm.

»Ist er kastriert?«, frage ich.

Mary guckt mich empört an. »Ich kann Bruce doch nicht die Eier abschneiden«, sagt sie und schiebt eine neue Kassette in den Gettoblaster.

Ein junger Springsteen sagt leise: »*Here's a tale from Asbury Park*« und zählt ein. Das Akkordeon kämpft tapfer gegen den Wind, der den breiten Strand hinabweht.

»*Sandy*«, singe ich, als die Band einsetzt. »Wie konnte ich *Sandy* vorhin im Auto nur vergessen?«

»Das frage ich mich auch«, sagt Mary. »Ich habe *Sandy* gehasst.«

Der Song heißt eigentlich *4th of July, Asbury Park*, aber Fans sagen nur *Sandy*. Springsteens Liebeserklärung an die Küstenstadt ist eine gnadenlose Schnulze, ein uralter Song von seinem zweiten Album. Mit dem aufgedrehten Kassettenrekorder schlendern wir einmal den Boardwalk hinab, wie Museumsbesucher, die mit Kopfhörern zwischen den Gemälden einer alten Galerie flanieren.

»Das *Stone Pony*«, Mary zeigt auf einen Barackenbau mit großem leerem Parkplatz davor. »Ist hier aufgenommen worden.« Als der Song vorbei ist, stehen wir wieder mitten auf der hölzernen Strandmeile. Doch Mary hatte den Song zwei Mal hintereinander aufgenommen, weil sie wusste, dass der Weg zu weit sein würde. Wir spazieren wortlos vorbei an der altehrwür-

digen Convention Hall, dann an einer kleinen Beton-
bude, in der Madam Marie früher den Touristen das
Schicksal aus der Hand gelesen hat. Mary würde Anna
auf den ersten Blick für eines der *silly New York girls*
halten, von denen Bruce in *Sandy* singt.

Schließlich stehen wir im Gerippe des früheren Casi-
nos. Im Gebälk der verrosteten Halle, die zu beiden
Seiten offen ist, gurren Tauben. Als der Song vorbei
ist, steht Mary vor einem meterlangen Graffiti. Eine
Medusa liegt auf der Seite. Auf ihrem schlanken Körper thront ein zartes Gesicht. Die Schlangen in ihrem
Haar scheinen nach Mary zu greifen.

»Wie spät ist es?«, fragt sie.

»Kurz vor vier«, sage ich.

»Showtime«, sagt Mary, und führt mich vor eine
Spelunke in der Ladenzeile am Strand. Wir leinen
Bruce draußen an, der sich mit einem tiefen Seufzer
auf den Boden fallen lässt. Mary begrüßt den Barkeeper mit einem Kuss auf die Wange. Er hebt die Hand zu
einer Fünf, wie ein Fußballtrainer, der seinen Spielern
signalisiert, wie viel Zeit ihnen noch bleibt. Mary winkt
mich herüber und klettert auf einen Barhocker. Ich
stelle mich neben sie, bestelle zwei Bier und stopfe
einen Dollar ins Trinkgeldglas, was der Barkeeper mit
einem Nicken zur Kenntnis nimmt. Mary starrt auf die
Bühne. Ich nippe an meinem Bier und werde langsam
unruhig. Bruce ist berühmt dafür, in irgendwelchen
Bars aufzuschlagen und ein bisschen zu spielen. Als
sein Privatjet mal außerplanmäßig zwischenlanden
musste, hat er sogar für die Flughafenangestellten auf
Island ein paar Songs angestimmt. Aber der Boss würde
heute Abend in New York City auftreten. Da wird er

doch nicht nachmittags in einer versifften Strandspe-
lunke spielen?

Durch den Vordereingang kommt ein Mann herein.
Er trägt ein dickes Holzfällerhemd und grauschwarze
Jeans. Ein Cowboyhut hängt tief in seinem Gesicht. Er
stellt seinen Instrumentenkoffer auf die Bühne und
hievt sich danach selbst hinauf. Mit dem Rücken zum
Publikum stöpselt er seine Gitarre ein und hängt den
Hut an die Stuhllehne. Kniend schiebt er den Koffer an
den Bühnenrand und stellt im Deckel einen kleinen
Karton auf wie ein Straßenmusiker.

»Das ist mein Dad«, sagt Mary, nimmt ihr Bier und
stößt mit mir an.

Der Mann auf der Bühne hat tiefe Falten im Gesicht.
Er fährt mit seiner Hand durch seine kurzen grauen
Locken und murmelt ein paar Begrüßungsworte. Niemand hört ihm zu, die Leute unterhalten sich einfach
weiter.

»Shut up«, zischt Mary. Doch ihr Vater kennt das
anscheinend. Er spielt die ersten Akkorde eines alten
Hank-Williams-Songs und singt einfach gegen das
Gebrabbel an.

»Dad war echt gut, weißt du«, sagt Mary und lässt
ihren alten Herrn nicht aus den Augen. »Er ist überall
in der Gegend aufgetreten damals, fast so wie Bruce.
Dann hat er mit dem Saufen angefangen. Als er meine
Mutter schließlich ins Krankenhaus geprügelt hatte,
haben wir uns zwanzig Jahre lang nicht gesehen.«

»Was hat er in der Zwischenzeit gemacht?«

»Meistens war er Roadie, eine Zeit lang auch bei
Bruce.«

»Wie geil.«

»Aber das war vor *Born to Run*. Reich ist er also nicht geworden.«

»Trotzdem. Wow.«

Beim dritten Song entdeckt der Mann auf der Bühne seine Tochter. Er stockt kurz im Text und wiederholt den Akkord. Nach dem fünften Song legt er eine Pause ein und kommt zu uns an die Bar. Hinter ihm wirft ein einzelner Gast ein paar Münzen in den Koffer.

»Tom, das ist mein Dad, Kenny.«

»Kenny.« Ich nehme seine Hand und sage dem Mann, dass er großartig gespielt habe. Er hat wirklich großartig gespielt. Ich überlege, ab jetzt mit Whiskey zu gurgeln, um eine Stimme wie er zu kriegen. Kenny umarmt seine Tochter flüchtig.

»Kannst du mal nach Bruce gucken?«, fragt mich Mary auf Deutsch. Ich nicke ein bisschen zu eifrig und verlasse mit dem Bier in der Hand die Bar. Mary kommt hinterher und nimmt mir die Flasche ab. »Kostet zweihundert Dollar Strafe.«

»The Land of the Free«, sage ich, nehme die Leine des Labradors und lasse mich auf der erstbesten Bank am Boardwalk nieder. Der Ozean rauscht, den Himmel überzieht eine dünne Wolkendecke wie ein Brautschleier. Bruce sitzt aufrecht neben der Bank und guckt ab und zu hechelnd zu mir herüber.

»Und was sagst du, Bruce?« Ich beuge mich zur Seite und wühle in seinem Fell, was er sich gerne gefallen lässt. »Was sagst du?«, frage ich noch mal in einem albernen Tonfall. »Soll ich deinem Frauchen endlich die ganze Wahrheit sagen?«

Bruce bellt tief aus seinem massigen Körper heraus, genau ein Mal, und wirft dabei den Kopf nach hinten.

Aus seinem Mundwinkel löst sich ein dicker Sabberfaden und trifft mich mitten im Gesicht.

»Das war wohl ein Ja«, sage ich und wische mir mit der Schulter den Speichel ab. Neben der Bank erscheint Marys langer Schatten. Ich streiche dem Hund das Fell wieder glatt. »Mein Vater ist gestorben, als ich klein war«, sage ich, ohne mich umzudrehen.

»Ich weiß«, sagt Mary.

»Ihm ist fast das Gleiche passiert, wie uns beiden vorhin auf dem Highway.«

»Ich kenne die Geschichte von Charlie. Aber du bist nicht er, weißt du.« Sie legt ihre Hand auf meine Schulter. »Lass uns deinen Bruder holen und nach New York fahren. Dad passt bis morgen auf Bruce auf.«

Charlie wartet in der Hollywoodschaukel. Ich bringe im Laufschritt den Gitarrenkoffer ins Haus.

»Was ist das denn?«, fragt er und zeigt auf das Schlangenleder.

»Ist nicht für mich«, antworte ich.

»Soso«, sagt Charlie.

Als wir ins Auto steigen, rutsche ich in die Mitte.

»Hast du immer schön vorgeglüht?«, fragt Charlie und übernimmt das Steuer.

»Klar«, ich nicke heftig und bin erstaunt, wie leicht mir diese Lüge von den Lippen geht.

Wir fahren die Ocean Avenue hinauf und biegen auf den Garden State Parkway nach Norden. Charlie stellt seinen Hardrock-Sender ein und trommelt aufs Lenkrad. Mary guckt träumend auf die untergehende Sonne zwischen den Bäumen. Als wir durch den Tunnel unter dem Hudson River fahren und das Radio laut rauscht, erwacht sie aus ihrer Stille. »Genug Heavy Metal, Doctor King. Let's play some Rock'n'Roll.« Sie stellt den Gettoblaster an und spielt *Jungleland.*

»Wow«, sage ich, als wir aus dem Tunnel kommen und in die Straßenschluchten von New York eintauchen. Zum Klang des Pianos wirkt die Hektik da draußen vollkommen entspannt.

»Habe ich doch gesagt, dass ich deine Dschungelführerin bin«, sagt Mary.

»*Welcome to the Jungle* wäre geiler«, mault Charlie, als das Saxofon loslegt.

Wir nehmen den ersten Parkplatz, den wir an der 8th Avenue finden. Als Charlie die Neoprenanzüge und Wachsdosen ins Führerhaus wirft, entdeckt er auf der Ladefläche den eingeklemmten Karton. Er lacht laut und liest vor, was ich in dicken roten Buchstaben geschrieben habe:

> BOSS!
> I NEED YOUR HELP!
> PLAY »THE RIVER«
> &
> »I WANNA MARRY YOU«!

Ich reiße ihm den Karton aus der Hand.

Mary bekommt vom alledem nichts mit, weil sie zwei Polizisten nach dem Weg fragt, die sich beinahe darum prügeln, ihn ihr zu erklären.

»Schnauze jetzt, ja?«, sage ich.

»Du willst nicht, dass Mary das mitkriegt, oder?«, fragt Charlie und versucht meine Nase zu stupsen. »Das ist so süß.«

Ich weiche seinen Bewegungen aus wie ein Boxer.

»Erklär schnell, Tom: Was ist mit diesen zwei Songs? Warum soll Springsteen sie spielen?« Er schaut noch mal auf das Schild. »*The River* …«

»Und *I Wanna Marry You*«, seufze ich. So kurz vor einem Springsteen-Konzert bin ich echt nervös, versuche aber so knapp wie möglich zu erläutern, warum ich dieses Schild geschrieben habe. Ich höre mich dabei reden, so wie man sich reden hört, wenn man in einem Bewerbungsgespräch sitzt. Die Sätze kommen von irgendwo tief aus mir heraus, als hätte ich sie eines Tages in einer Kellerecke abgestellt, die ich danach nie wieder betreten habe. »*The River* – ist klar, oder? Den Song müsstest sogar du kennen.« Ich rede so schnell wie Woody Allen.

»Nö«, sagt Charlie.

»Oh Mann. Also: *The River* handelt von einem Teenagerpaar, das gezwungen ist zu heiraten. Der totale Albtraum: Du schwängerst ein Mädchen, das du nicht liebst – und sie dich nicht –, aber ihr seid gezwungen zu heiraten. Grausam, dieser gesellschaftliche Erwartungsdruck, die religiöse Komponente, das Hochoffizielle …« Ich zähle mit den Fingern jeden Punkt mit.

»Verstanden, verstanden«, sagt Charlie und schielt in Marys Richtung, zu der sich ein weiterer Bulle gesellt hat. »Und der andere Song?«

»*I Wanna Marry You* ist eine grausame Schnulze. Dummdidumm, ich will dich heiraten, komm her, Baby. Im Hintergrund der Aufnahme sind sogar diese beschissenen mexikanischen Rasseln zu hören.«

»Maracas?«, fragt Charlie, der auch ziemlich gut Schlagzeug spielt. »Ach, du Scheiße.«

»Wie auch immer. Es gibt nur eine Sache, die ich bei Springsteen nicht kapiere. Zu allem hat er eine dezidierte Meinung. Zur Politik, zu Verbrechen, zur Beziehung zu den Eltern, zum eigenen Vatersein. Alles super ehrenhaft und aufrecht. Fast im Sinne des Kant'schen Imperativs.«

»Du willst eine allgemein gültige Rechtsordnung auf den Songs von Bruce Springsteen aufbauen? Du hast doch 'nen Knall.«

»Willst du's hören oder nicht?«, maule ich laut. Mary und die drei Cops, die ihr inzwischen die Parkuhr erklären, blicken auf. Charlie und ich lachen unschuldig. »Jedenfalls«, flüstere ich weiter, »widerspricht er sich hierbei auch nicht innerhalb von Songs, die das gleiche Thema behandeln. Nur was das Heiraten betrifft, da widerspricht er sich total. In dem einen Song erzählt er dazu eine Horrorgeschichte, und in dem anderen haut er nur so den Zuckerguss raus, dass einem schlecht wird. Weiß nicht. Es hat mich wohl versaut, dass sich nicht mal der Boss bei dem Thema festlegen will. Und genau das soll er mir heute Abend noch mal direkt sagen. Damit ich ein für alle Mal kapiere, dass mir die Entscheidung niemand abnehmen kann. Sonst frage ich Anna wirklich erst, ob sie meine Frau werden will, sobald ich mit einem Herzinfarkt im Krankenhaus liege.«

»Das kann ich dir auch sagen: Tom, die Entscheidung kann dir keiner abnehmen.«

»Du bist nicht der Boss.«

»Gut, das ist definitiv richtig.«

»Also lass uns endlich gehen.« Ich klappe das Schild zusammen und stecke es unter meine Jacke.

»Hat er einen Song vielleicht zu einem ganz anderen Zeitpunkt in seinem Leben geschrieben als den anderen?«, fragt Charlie.

»Sie sind auf der gleichen Scheißplatte«, sage ich.

»Oh, verstehe.«

Mary dreht sich noch mal lächelnd zu den Cops um, die zum Abschied ihre Schirmmützen lüften, und hakt sich bei uns unter. »War was?«, fragt sie.

»Nein«, sagt Charlie.

»Nein, nein«, ergänze ich.

Als wir uns auf die breite Steintreppe des Postamtes gegenüber des Madison Square Gardens setzen, drängt sich bereits eine große Menschentraube vor dem Haupteingang. Mary holt ihr Handy heraus und dreht sich von uns weg, um zu telefonieren.

»Oh Mann, wir müssen uns jetzt echt mal um Tickets kümmern«, ich zähle wie in Trance mein Geld. »Ich habe noch 320 Dollar. Könnte knapp werden, so kurz vor der Show.«

»Beruhig dich«, sagt Charlie. »Es spielt doch sowieso erst 'ne Vorband.«

»Keine Vorband. Nie. Das ist der Boss, zum Himmel. Der Boss braucht doch keine Anheizer.«

»Ist ja gut«, sagt Charlie und hält seine Hände beschwichtigend vor seinen Oberkörper.

Mary winkt uns zu sich und geht voran über die Ampel. Wir lassen die Schlange links liegen und biegen in eine Seitenstraße bis zu einer schweren Eisentür. Mary begrüßt einen hageren Mann mit Tränen-Tattoo unter dem linken Auge. Seine Arme sind sehnig wie die Hinterbeine eines Windhunds. Aus der Tasche holt er zwei Ausweise mit Halsbändel, die er Charlie und Mary gibt. Hinter Plastik verschweißt leuchten die göttlichen Buchstaben *C, R, E* und *W – Crew*. Dann nimmt der dürre Mann seinen eigenen Ausweis ab und hängt ihn mir um wie eine Goldmedaille. Er geht voraus an aufgeklappten Transportkoffern und Boxen voller Kabel vorbei, in einen Gang mit grünem Linoleumboden. Das Echo vom Gemurmel Tausender Menschen bricht sich in diesem engen Tunnel und übertönt jedes Geräusch. Mary klopft an die erste Tür auf der linken Seite. Eine ältere Frau mit struppigen blonden Haaren öffnet einen Spaltbreit und guckt mit einem tiefblauen Auge hindurch. Dann reißt sie die Tür auf, die eine wie mit dem Zirkel gezogene Schleifspur im weichen Boden hinterlassen hat. Sie küsst Mary wie eine Mutter es tut, die ihre Tochter zum ersten Mal am Flughafen abholt.

»That's him, that's Tom«, ruft Mary ihr zu.

Die Frau klatscht mit mir ab und spricht etwas ins Gemurmel, das ich nicht verstehe. Sie schiebt mich an sich vorbei, und wir stehen im Graben vor der Bühne. Auf dem Boden kauern zwei Fotografen im Schneidersitz und teilen sich ein Sandwich, ein anderer stellt sein Stativ auf. In meinem Rücken erstreckt sich der bereits halb besetzte Madison Square Garden. Direkt hinter der Absperrung unterhalten sich drei Männer lautstark, neben ihnen sitzen zwei Mädchen im Teenageralter. Ihre Pferdeschwänze fliegen mit ihren Kopfbewegungen hin und her, die Mädchen scheinen all den Eindrücken gar nicht hinterherzukommen. So wie ich. Ich kriege meinen Mund nicht mehr zu.

»Wie hast du das gemacht?«, frage ich Mary, doch

sie versteht bei dem Lärm kein Wort und beobachtet weiter die zu allen Seiten offene Bühne. Neben der Hammondorgel liegt ein Akkordeon auf dem Boden. Würde ich mich strecken, könnte ich es mit den Fingerspitzen berühren. Vier Mikrofone stehen stramm wie dürre Soldaten. »Wie hast du das gemacht?«, rufe ich noch mal.

»Das ist die alte Roadcrew meines Vaters. Pete am Eingang, und das eben ist Sandy gewesen.«

»Sandy – war klar«, sage ich.

»Ist doch gut, wenn mein Dad zur Abwechslung mal zu was zu gebrauchen ist«, sagt Mary.

»Kenny hat uns hier reingebracht?«, frage ich.

Mary nickt. »Waren nur ein paar Anrufe für ihn«, sagte sie nicht ohne Stolz in der Stimme und zeigt auf einen Bühnentechniker, der sich hinter das Schlagzeug setzt und jetzt mitten auf der Bühne thront. Er tritt rhythmisch auf die Bassdrum. Anscheinend soll er nur kurz den Pegel überprüfen, doch das Publikum klatscht sofort im Takt mit. Laute *Bruuuce*-Rufe ziehen durch den Saal.

»Warum buhen die Leute?«, fragt Charlie und bekommt von Mary und mir für diese Frage bloß verständnislose Blicke.

Durch die Eingänge strömen immer mehr Zuschauer herein. Sandy schiebt uns an den Rand der Halle und bläut uns ein, dass wir unter allen Umständen hierbleiben müssen. »Sorry«, lese ich von ihren Lippen ab, doch ich winke nur begeistert ab.

Charlie staunt. »Na, dann bin ich ja mal gespannt, warum du wegen diesem Typen solch einen Terror machst.« Er stellt sich neben mich und legt den Arm auf meine Schulter. Ich ziehe meine Jacke aus, achte darauf, dass Mary das Pappschild nicht sieht, und werfe das Bündel auf den Boden. Testweise rieche ich kurz am Kragen des T-Shirts, das ich schon den ganzen Tag trage.

»Das ist dein treuestes Stück, oder?«, fragt Mary.

»Das kann man wohl sagen«, antworte ich.

Das Motiv ist schon ganz rissig. Die Flagge vor Springsteens Hintern hat Löcher, und von seinem Cappy ist ein Teil des Schirms abgeblättert.

Das Shirt hätte eigentlich zehn Mark gekostet, Werner aber hatte den Verkäufer am Merchandise-Stand auf fünfzehn Mark für zwei Stück heruntergehandelt. Das weiß ich noch. So standen also der damals nicht so alte Werner und ich – höchstens elf, zwölf Jahre war ich – im Partnerlook auf der Tribüne. Das Shirt schlabberte mir beinahe in den Kniekehlen, doch Werner hatte darauf bestanden, auch für mich ein großes Exemplar zu besorgen. »Ein Mann braucht etwas, das ihn sein ganzes Leben lang begleitet«, hatte er gesagt und mir die Ärmel bis zu den Schultern hochgekrempelt, weil es ein stickiger Juliabend war und im Stadion die Hitze stand.

Ich ließ ihn machen. Werner zeigte ins Rund auf die Lautsprechertürme und auf riesige Mischpult. Er erklärte mir geduldig, welcher Musiker später wo stehen würde, und erzählte von Nils, dem Gitarristen, von Max, dem Schlagzeuger, und von Clarence, dem »riesigen Saxofon-Neger«, wie er ihn übrigens heute noch nennt. Nur Steve, Springsteens bester Freund, würde nicht dabei sein, sagte Werner, weil er vor Kurzem die

Band verlassen habe. Der Boss würde daher bestimmt *Bobby Jean* spielen, sagte Werner und erzählte mir die Geschichte des Songs.

»Genau, das Lied finde ich super«, sagte ich und zählte alle anderen Songs auf, die ich aus irgendwelchen kindlichen Gründen mochte. Dann erlosch plötzlich das Licht, und Jubel brandete auf.

Werner beugte sich zu mir herunter: »Viel Spaß, Junge.«

Ich weiß nicht mehr viel von diesem Abend, aber ich weiß, dass es das Aufregendste war, was ich je erlebt hatte. Ich staunte mit offenem Mund, als bei *Badlands* Tausende Fäuste in den Himmel gereckt wurden, wie die Leute durchdrehten bei *No Surrender*, und ich erinnere mich daran, dass direkt vor der Bühne eine dunkelhaarige, wie ich fand, wunderschöne Frau auf den Schultern ihres Freundes saß. Bei *Dancing in the Dark* wühlte sie in ihren Haaren und zerrte an ihrer Bluse, als Bruce *I wanna change my clothes, my hair, my face* sang. Meine Hände taten bald weh vom Klatschen, und meine Stimme überschlug sich im Jubel, doch ich fühlte mich sicher an Werners Seite. So muss es sein, dachte ich, wenn dein Vater mit dir auf ein Konzert geht. Es war das erste Mal, dass ich Bruce gesehen hatte, und wenn ich mich nicht täusche, ist es Werners letztes Mal gewesen.

Als alles vorbei war, wartete vor dem Stadion meine Mutter. »Dankeschön, Herr Eckstein«, sagte sie, schüttelte Werners Hand und trat mir unauffällig gegen die Wade.

»Au.«

»Sag Danke, Tom.«

»Danke, Werner«, sagte ich.

»Der Junge ist schwer in Ordnung«, sagte er.

»Werner hat mir das T-Shirt hier gekauft«, erzählte ich aufgeregt.

»Was bekommen Sie von mir?«, fragte meine Mutter.

Werner winkte ab. »War mir ein Vergnügen«, sagte er, wohl wissend, dass ich bald alt genug sein würde, um all mein Taschengeld bei ihm im Laden zu verprassen. Er hatte mich angefixt und begriff das bestimmt als gute Investition.

Auf der nächsten Tour, vier, fünf Jahre später, ging ich bereits mit Ben zum Boss, und wir stellten uns auch nicht auf die Tribüne, sondern arbeiteten uns ganz nach vorne durch, wo wir uns gegenseitig per Räuberleiter helfen mussten, wenn wir mehr sehen wollten, als nur die Leinwand. Ich trug wieder Werners T-Shirt, und diesmal passte es mir schon fast.

Seitdem trage ich immer diesen Lumpen, wenn ich Springsteen live sehe. Ausnahmslos. Auch vor ein paar Jahren, als Anna und ich in London ein Konzert besuchten. Das Shirt ist inzwischen ziemlich eng, aber Anna war das nicht peinlich. Sie mag den Fetzen sogar. Ich sähe aus wie ein kleiner Junge damit, sagt sie immer, und ich fühle mich darin ja auch so. Manchmal wäscht sie das Shirt zusammen mit ihren Kleidern, per Hand in lauwarmem Wasser, damit es nicht weiter eingeht.

Vor Kurzem sortierte ich unsere Post, als Anna mit mir in der Küche saß. »What the fuck«, rief ich und zeigte ihr den H&M-Katalog, den ich immer gleich durchblättere, um zu sehen, ob sie mal wieder ein *Tee-Zee*-Design geklaut hatten. Stattdessen entdeckte ich das Foto eines blonden Mädchens, das ein simples weißes Shirt trug, auf dem das alte *Born in the USA*-Motiv gedruckt war.

»Ich hab dir schon eins bestellt«, sagte Anna.

Nach ein paar Tagen kam das Paket. Aber es war einfach nicht dasselbe. Anna zieht das neue Exemplar manchmal zum Schlafen an. Ich finde das total sexy. Irgendwie krank.

Ich habe noch nie eine Frau so laut schreien gehört wie Mary, als das Licht im Madison Square Garden erlischt. Irgendein alter Rock 'n' Roll-Song läuft vom Band. In den paar Sekunden, in denen sich das Publikum eingroovt, springt Mary wild herum und pfeift gellend mit zwei Fingern in den Backen. Springsteen ruft: »Good evening, New York City!« Seine Telecaster schneidet durch die Dunkelheit. Fast vergesse ich, auf die Bühne zu gucken, doch als der Jubel noch lauter wird – Bruuuce! –, schaue ich auf und sehe, wie der Boss im Scheinwerferlicht erscheint. Er reißt zur Begrüßung flüchtig den rechten Arm nach oben, winkt kurz und beginnt: *I was raised out of steel here in the swamps of Jersey. Some misty years ago. Through the mud and the beer and the blood and the cheers I've seen champions come and go.*

Seine Stimme ist voll da, das ist nicht immer so, und meine Augen klappen automatisch zu. Bis Mary auf meinen Rücken springt und sich an meinen Schultern festkrallt. Ich hatte von diesem Song gehört, den Bruce geschrieben hat, als die Band das letzte Mal im Giants Stadion aufgetreten ist, das danach abgerissen werden sollte. Ich hatte *Wrecking Ball* noch nie gehört. Mary jedoch brüllt mir jedes Wort so laut ins Ohr, dass ich den Text nie wieder vergessen werde. Die Sanitäter und Feuerwehrleute, zwischen denen wir stehen, müssen nun endgültig zweifeln an unserer offiziellen Aufgabe.

Bruce singt: *So if you got the guts mister, yeah, if you got the balls, if you think it's your time, then step to the line and bring on your wrecking ball.*

Die gesamte Halle stimmt mit ein: »Bring on your wrecking ball!« Mit einem gewaltigen Tusch setzt die Band ein. Ich kann es nicht glauben, wie schnell es wieder geht. Wie schnell mich die Glückseligkeit packt – bei einem Song, den ich noch nie gehört habe, und der aus der Sicht eines Footballstadions gesungen wird, dem die Abrissbirne droht – der *wrecking ball*.

Weil ich mir das Schild zwischen die Beine geklemmt habe, muss ich mich anstrengen, mit der jubelnden Mary auf dem Buckel das Gleichgewicht zu halten. Charlie sieht das, nimmt den Karton an sich und reißt ihn hinter uns hoch. Er guckt mich besänftigend an – wird schon keiner mitkriegen. Sandy, die wieder ihre Stellung vor der Tür eingenommen hat, liest mit zugekniffenen Augen, was auf dem Schild geschrieben steht und lacht. Mein Bruder deutet auf mich, um klarzustellen, dass er damit nichts zu tun hat.

Inzwischen steht die gesamte Band im gleißenden Licht, und Bruce sagt ein paar Worte ins Mikro: »Tonight we got something – never before performed. We played different albums on different nights. We're gonna take you down to *The River* tonight.«

Nils Lofgren stellt sich an seine Seite, und die beiden spielen die ersten Akkorde von *The Ties That Bind*, dem ersten Song von *The River*.

Ich bin fassungslos, nehme Mary gar nicht mehr

wahr, die noch immer an meinem Rücken hängt und sich die Seele aus dem Leib pfeift.

»Was ist los?«, fragt mich Charlie von der Seite.

»Das Schild kannst du wegschmeißen«, sage ich leise.

»Wieso?«, fragt Charlie, während um uns herum das Chaos ausbricht.

»Wahrscheinlich hat er dich gesehen«, rufe ich ihm ins Ohr. »Die spielen das ganze Album, hat er gerade gesagt.«

»Welches Album?«

»Na, *The River*.«

»Das, auf dem die beiden Lieder sind?«

»Das, auf dem die beiden Lieder sind.«

»Das gibt's doch nicht«, sagt Charlie und wirft das Schild in die Menge hinter sich.

Charlie schimpft noch über einen Taxifahrer, der an der Ampel trödelt, hupt und biegt wieder in den Tunnel ein.

»Aber, dass er *Thunder Road* wieder nicht gespielt hat ... Da drehst du doch durch«, sage ich. »Fünfundzwanzig verfickte Konzerte, und er spielt *Thunder Road* nicht.

»Verfickt ... heißt das fucking?«, fragt Mary.

»Ja. Entschuldige mein Französisch.«

»Dafür hat er bei *I Wanna Marry You* tatsächlich die Maracas rausgeholt«, sagt Mary.

Mein Bruder und ich müssen grinsen

»Oh Mann, ja«, stöhnt Charlie. »Die Rasseln hatte ich schon verdrängt.«

»Ist das alles, was du zu diesem Konzert zu sagen hast?«, fragt Mary, ziemlich aggressiv sogar, aufgewühlt eben. »Es war doch total süß, wie er mit seiner Patti getanzt hat.«

»Ja. Total süß. Etwa so süß wie jede andere Las-Vegas-Show.«

»Ist doch wirklich schön. Die beiden sind fast immer zusammen auf Tour«, sage ich.

»Damit sie ihn unter Kontrolle hat«, sagt Charlie.

»Quatsch«, ruft Mary. »Patti ist ein echtes *Jersey Girl*. Die ist in Ordnung.«

»Charlie kann schon recht haben. Die beiden haben sich zumindest auf Tour kennengelernt, und dann hat Bruce seine erste Frau für sie verlassen«, sage ich.

»Ha!«, ruft Charlie.

»Ich fand's trotzdem süß«, sagt Mary. »Die beiden sahen echt glücklich aus, als sie den Walzer getanzt haben. *Can't Help Falling In Love* war auch total schön. Der King wäre stolz gewesen.«

»Aber sagt mal der Pirat mit der Gitarre …«, sagt Charlie.

»Sag ja nichts gegen Steve«, zischt Mary.

»Der hat immer ein Kopftuch auf, nur bei den *Sopranos* trägt er ein Haarteil«, sage ich.

»Bei den *Sopranos*?«

»Ach, vergiss es einfach.«

»Aber *Born To Run* war schon echt gut«, sagt Charlie schließlich, etwas eingeschüchtert von unserer Expertise.

»*Born To Run* war echt gut«, äfft Mary ihn nach. »Da kannst du auch sagen, die Sonne ist gelb oder die Nacht ist schwarz.«

»Die Nacht ist nicht schwarz«, sage ich und deute auf den Mond, der über dem Highway aufgeht.

»Wer das Zentrum des Universums sehen will«, sagt Mary und beugt sich ein Stück nach vorne, bis auch ihre Augenpartie beleuchtet ist, »der braucht auch ein bisschen Licht.«

Ich sehe sie an und frage erst gar nicht, was sie vorhat. Seit der Timer abgelaufen ist, war der Beschluss in mir gereift, geschehen zu lassen, was geschehen soll. Und weil das sonst nicht meine Stärke ist, fühlte es sich neu und aufregend an.

Nach ein paar Kilometern fährt Charlie auf Marys Drängen hin vom Highway ab, höchstens auf halbem Weg nach Hause. Sie lotst ihn auf eine Landstraße, die sich durch abgeerntete Felder schlängelt.

»Was ist das denn?«, frage ich. Ein gigantischer dreibeiniger Schatten steht bedrohlich im fahlen Licht. Das Gebilde sieht ganz ähnlich aus wie das Silo hinter Springsteens Elternhaus, doch dieser stählerne Riese ist sicher viermal so hoch. Mary behält es für sich.

Als wir durch ein Dorf kommen, in dem sich bestimmt seit Stunden keine Menschenseele mehr auf der Straße hat blicken lassen, guckt Mary suchend in alle Richtungen. »Da lang«, ruft sie, und deutet auf einen Stichweg, der einen bewaldeten Hügel hinaufführt.

Nach ein paar hundert Metern tritt Charlie auf die Bremse und guckt ratlos zu seiner Lotsin.

»Verdammt«, sagt Mary. »Die haben das Tor zugemacht.«

Wir steigen aus. Mary legt alle zehn Finger zwischen die Maschen eines Sicherheitszaunes und rüttelt heftig daran. Auf einem großen rechteckigen Schild neben der Zufahrt steht *Alcatel*.

»Brauchst du ein neues Handy, Mary?«, fragt Charlie.

»Hilf mir lieber«, sagt Mary und fängt an zu klettern. Ich will sie noch an ihren Chucks packen und zurückhalten, doch da ist sie schon über dem Zaun und landet wie eine Trapezkünstlerin auf der anderen Seite. »Ta-da.«

»Was zum Henker machst du?«, frage ich.

»Kann ich doch nichts dafür, dass sich das Zentrum des Universums auf dem Firmengelände von Alcatel befindet. Also kommt ihr jetzt?«

Charlie zuckt mit den Schultern und klettert hinterher.

»Ach, verdammt«, sage ich und versuche, mich ganz lässig über den Zaun zu stemmen, knalle aber auf der anderen Seite auf den Boden. »Scheiße, Mann.« Mein Hosenbein ist zerrissen. Charlie hilft mir auf, und wir winken in die Überwachungskamera, die auf einem Mast installiert ist. Mary hebt ebenfalls die Hand zum Gruß. Charlie zieht die Kapuze seines Hoodies über den Kopf. »Was machen wir hier?«, zische ich.

»Kommt mit.« Mary stapft in den angrenzenden Wald. Durch die Nadelbäume hindurch sehen wir einen Bürokomplex, in dem noch vereinzelte Schreibtischlampen und Flurlichter brennen, aber niemand scheint hier zu sein. Der Waldboden wird steiler. Auf dem Plateau des Hügels verfängt sich jammernd der Wind zwischen ein paar Baggern. Mary nimmt meine Hand und zerrt mich hinter sich her. Müde beleuchtet ein Scheinwerfer eine große Apparatur, die in der Luft zu schweben scheint. Als sei der Dachstuhl eines Hauses von einer riesigen Flutwelle fortgetragen worden und hier gestrandet. Als ich näher komme, erkenne ich, dass das dreieckige Gebilde von einem stählernen Reifen in dieser Position gehalten wird, wie ein Globus von seinem Ring. Sein Durchmesser ist locker sechs, sieben Meter.

»Was ist das?«, fragt Charlie hinter uns.

»Das, meine Herren«, verkündet Mary feierlich, »ist das Zentrum des Universums.«

»Okay …«, sage ich verwundert.

»Mit dieser Antenne«, fährt Mary fort, »haben ein paar komische Wissenschaftler in den Sechzigern das Echo des Urknalls empfangen. Moment.« Sie kramt einen Zettel aus der Jackentasche: »Hier stand mal eine Gedenktafel, die abmontiert wurde, als Alcatel den Hügel kaufte. Aber ich habe ein Foto und die Beschreibung bei Wikipedia gefunden.« Sie räuspert sich und liest vor: »*Die Hornantenne ist von nationaler Bedeutung für die Geschichte der USA. Den Wissenschaftlern Arno Fenzias und Bob Wilson gelang mit dieser Antenne der Beweis für die Urknall-Theorie der Erschaffung des Universums. Damit wurde die Geschichte der Kosmologie für immer verändert.*«

»Der Beweis allen Anfangs«, sagt Charlie.

Ich blicke in den Himmel. »Aus dem Zentrum des Universums.« In der aufgerissenen Wolkendecke funkeln ein paar vereinzelte Sterne. Charlie legt ebenfalls den Kopf in den Nacken.

»Ihr müsst jetzt ganz leise sein und genau hinhören«, flüstert Mary. »Psst. And close your eyes.«

Wir gehorchen und schließen die Augen.

Ein leises Tapsen von Marys Chucks, dann ein kaum hörbares *Klick*, und als die Stille fast unerträglich wird, fliegen ein paar Klaviertöne durch die Nacht. Sie scheinen aus der Maschine zu kommen. Als hätten die Kosmologen einen Pianisten zwischen diesen Aluminiumplatten in ihre Antenne eingeschweißt.

Ganz leise fängt Bruce an zu singen, während ihn Klaviertöne umhüllen wie Sternenstaub: »*The screen door slams, Mary's dress waves. Like a vision she dances across the porch as the radio plays.*«

»Er spielt doch noch *Thunder Road*«, flüstere ich.

9. THE WRESTLER

Der Mond taucht Marys kleines Haus in ein gespenstisches Licht. Ich drücke sie, ganz fest, und flüstere in ihr Ohr: »Das ist einer der schönsten Tage meines Lebens gewesen.«

Sie küsst mich auf die Wange. »Da drin sieht es aus, als hätte sich die E Street Band geprügelt. Aber ich werde die Tür auflassen heute Nacht. Falls du nicht alleine sein willst.«

Ich blicke ihr lange in die Augen. Sie sehen jetzt pechschwarz aus, nicht tiefbraun, wie tagsüber, wenn die Sonne auf sie fällt und ihre Pupillen ganz klein werden. In meinem Kopf krame ich im Karteikasten. Ich finde die Karte schnell, nach der ich gesucht habe: *Nimm niemals ein Angebot an, wenn du ein blödes Gefühl dabei hast. (Video zu I'm on Fire)*

Sie dreht sich um. Das Fliegengitter schlägt ins Schloss. Wie eine Vision verschwindet Mary von der Terrasse. Alles ist still. Dann gehe ich zurück zum Auto, setze mich hinter das Lenkrad und blicke lange auf Marys Haus. Als das Licht in dem kleinen Fenster erlischt, hinter dem ich ihr Schlafzimmer vermute, lasse ich den Wagen an.

Leise versuche ich, Professor Aldrichs Haus aufzuschließen, doch schnell merke ich, dass diese Tür ebenfalls nur angelehnt ist.

»Respekt, Bruder«, ruft Charlie. »Dachte nicht, dass du nach Hause kommst.«

Ich setze mich neben ihn und lege meinen Arm um seine Schulter. »Danke, dass du mit nach New York gekommen bist. Dafür zolle ich wiederum dir Respekt.«

Er winkt nur ab: »Als Wissenschaftler muss ich meinen Horizont ständig erweitern. Da muss man auch mal in peinliche Ecken gucken.«

»Hmh.«

»Und war es heute? Ist die Zeit abgelaufen?«

»Hmh?«

»Tu nicht so, ich weiß doch genau, was los ist. Sag schon. Was ist passiert?«

»Gar nichts. Nun ja, Mary und ich hätten beinahe einen riesigen Unfall auf dem Highway gebaut und dann hat mich ihr Hund angefallen.«

»Ist doch glimpflich gelaufen«, sagt er und nickt. »Ich kann mich auch noch haargenau an den Tag erinnern.«

»Und, was ist dir damals passiert?«

»Ich habe mich betrunken und bin vom Steg ins Meer gekippt.«

»Wo warst du denn?«

»Kroatien.«

»Auch nicht schlecht.«

»Du bist nicht allein, Bruder.«

»Wird Anna verstehen, warum ich so einen Knall hatte?«

»Flieg erst mal heim. Und jetzt spiel mir diese blöde DVD vor. Ich bin so weit.«

Ich sehe ihn mit großen Augen an. Wortlos stehe ich

auf, lege die mit *Karl* beschriftete Scheibe ein und setze mich wieder neben ihn. Der Flatscreen schaltet sich automatisch ein. Charlie blickt kurz zu mir und lehnt sich dann zurück, als würde ein Spielfilm beginnen. Nach endlosen Sekunden erscheint die spiegelnde Wasseroberfläche eines Sees. Das Bild ist verkörnt, schwarze Punkte wandern in alle Richtungen über den Schirm. Die Kamera schwenkt langsam auf das Ufer zu, wo meine Mutter auf einem Handtuch liegt. In ihrem geblümten Sommerkleid sieht sie aus wie ein Mädchen. Dicht neben ihr liege ich, mit einem kleinen weißen Sonnenhut auf dem Kopf. Mein Daumen steckt im Mund. Meine Mutter lacht zunächst in die Kamera, winkt dann aber ab, weil sie lieber doch nicht gefilmt werden will. Als die Kamera schwenkt, sieht man Charlie, wie er sich abmüht, ein riesiges Surfboard über den Kies zu ziehen. Er erreicht das Wasser, streckt seine kleine Brust durch und wischt sich theatralisch mit der Hand über die Stirn, so wie er es sich von den Erwachsenen abgeguckt hat. Die Kamera wackelt auf meine Mutter zu. Sie übernimmt, und zwei riesige Hände heben mich sanft vom Handtuch. Ein Mann steht nun mit dem Rücken zur Linse und hält mich in seinem Arm wie einen Welpen. Meine Arme hängen links und rechts an seinem Ellbogen hinab. Der Mann geht zu Charlie ins Wasser, der bis zum Hals im See neben dem Surfbrett steht und so aufgeregt winkt, dass alles wirkt, als laufe es schneller. Meine Mutter steht mit der Kamera auf und folgt uns ein Stück. Der Mann dreht sich um, zeigt sein kantiges Gesicht und lächelt breit. Sein Siebzigerjahre-Haarschnitt ist vom Wind zerzaust.

»Cool«, sagt Charlie.

»Ist er das wirklich?«, frage ich. Plötzlich bin ich vollkommen außer Atem.

Mein Vater setzt mich vorsichtig auf das Surfbrett, wo ich sofort wieder den Daumen in den Mund stecke und mich erstaunt umgucke. Charlie klettert geschickt aus dem Wasser, setzt sich neben mich und nimmt mich dann auf den Schoß.

»Du warst total süß«, sagt Charlie in die Stille des Wohnzimmers.

Meine Mundwinkel zittern.

Papa taucht mit einen Hechtsprung unter. Mein kleines Ich reibt sich die Backe. Charlie sieht sich mit zugekniffenen Augen um, doch unser Vater bleibt verschwunden. Dann bricht das Bild ab, und auf dem Fernseher flimmert nur noch Schnee.

»Ich muss unbedingt bald Mama besuchen«, sagt Charlie.

Ich atme tief durch. »Sag mal, wusstest du eigentlich, dass Papa eine Freundin hatte, bevor sie sich kennenlernten?«

»Magdalena Müller«, sagt Charlie.

»Warum weiß ich von ihr nichts? Die ganze Welt weiß Bescheid, nur ich nicht.«

»Weil die Müller keine Rolle mehr spielte«, sagt Charlie. »Mama und Papa haben die Herausforderung doch bestanden.« Charlie leert sein Bier und schaltet den Fernseher aus.

Ich nehme meine Decke, wickle mich vor dem Panoramafenster ein und schaue in die Nacht. Wie gerne ich jetzt einen rauchen würde. Der Qualm würde aus den kleinen Kippfenstern strömen, auf eine Reise mit dem Wind gehen und dann für immer verschwinden. Wie die Asche eines Verstorbenen, die man in den Wind streut.

Das würde ich wollen, sage ich immer zu Anna.

Ich würde wollen, dass Ben und Anna und Charlie meine Urne klauen und den Inhalt vom Gipfel eines Bergs in alle Winde verstreuen. Oder noch besser, sie sollen mich zum Ozean bringen und ins Meer werfen.

Ich schrecke auf, als mich das *Born in the USA*-Klingeln aus dem Halbschlaf reißt. Mit großen Augen blicke ich aufs Display: Anna. Aufgeregt gehe ich ran: »Annalein«, sage ich. »Guten Morgen.«

»Hallo, Tom«, sagt sie. Klingt sie emotionslos? Oje. »Wo bist du? Das Klingeln klang komisch.«

»Bei Charlie.«

»Du bist tatsächlich gefahren …« Im Hintergrund höre ich das Rattern von Schienen.

»Bist du schon auf dem Heimweg? Ich habe versucht, dich zu erreichen. Wo steckst du denn?«

»Tom, ich muss dir was sagen.«

»Ist alles in Ordnung?«, frage ich und streife die Decke von meinen Füßen.

»Tom, ist Charlie in der Nähe?«

»Der schläft.«

»Kannst du ihn wecken?«

»Anna, was ist los?«

»Machst du das für mich, bitte?«

Ich stapfe mit der Decke über den Schultern ein Stockwerk tiefer in Professor Aldrichs wie ein Junge, der nachts in Türrahmen des Schlafzimmers seiner Eltern steht. »Charlie? Wach auf.«

»Häh? Was? Was is'?« Er setzt sich auf.

Ich quetsche mich neben ihn ins Bett und halte das Telefon zwischen unsere Köpfe, sodass wir beide Anna hören können.

»Anna?«, sage ich in den Hörer. »Ich bin jetzt bei Charlie.«

»Okay. Das ist nicht einfach jetzt.« Anna holt laut Luft. »Ben hat mich angerufen, und ich bin schon auf dem Weg nach Hause. Er wusste nicht, was er tun sollte, deswegen rufe ich nun an.«

»Was ist passiert?«, fragt Charlie sachlich. Er klingt so viel erwachsener als ich, dass es mir peinlich ist.

»Sie haben Werner heute früh gefunden. Er lag die ganze Nacht in seinem Laden auf dem Boden.«

Unfähig, irgendetwas zu sagen, starren wir in die Dunkelheit.

»Ist er noch am Leben?«, fragt Charlie nach einer gefühlten Ewigkeit.

»Es sieht nicht gut aus. Seine Lunge ist offenbar kollabiert. Er hängt an Maschinen. Tom, hörst du mich?«

»Ich höre dich.«

»Tom. Ich weiß doch auch nicht, was jetzt richtig ist. Aber vielleicht kommst du lieber nach Hause.«

»Natürlich.«

»Wir nehmen den ersten Flug, den wir kriegen können«, sagt Charlie.

In meinem Kopf hallt das Ächzen des Stahlträgers. Kurz wundere ich mich, wie wenig Kraft nötig ist, um ein solch gigantisches Stück Metall abknicken zu lassen wie ein Streichholz. Ich versuche mich festzuklammern, doch die Welt dreht sich immer schneller.

Meine Mutter hat mir erzählt, wie man eine Weile lang schlicht funktioniert, wenn etwas Schreckliches passiert ist. Nachdem die Polizisten an unserer Haustür geklingelt hatten, um die Nachricht vom Tod ihres Mannes zu überbringen, die Mützen in zwei Händen vor dem Körper verschränkt, begann sie ohne Umschweife mit der Organisation des Begräbnisses. Sie suchte den Stein von der Form des Matterhorns aus, sie kreuzte auf einem Zettel mit Durchschlag die Blumen und Büsche an, die gepflanzt werden sollten, und schrieb die Traueranzeige, deren Wortlaut sie sofort verdrängte. Charlie und ich sollten die Anzeige auch nie zu Gesicht bekommen. Dann stieg sie in ihren Citroën und fuhr an den See. Vielleicht saß sie sogar an der Stelle, an der mein Vater untergetaucht war und uns Söhne verdutzt sitzen gelassen hatte, während sie uns gefilmt hatte. Sie blickte auf das Wasser und erinnerte sich daran, wie er einmal in Frankreich weit auf den Atlantik hinausgesurft war, so weit, dass ihn meine Mutter vom Strand aus nicht mehr hatte sehen können. Verstört hatte sie ein paar Fischer zusammengetrommelt, die ein Boot bereitstellten und sich auf die Suche machten. Als das Rettungsteam meinen Vater im Schlepptau nach Hause brachte, hatte er von einem Ohr zum anderen selig gegrinst. Meine Mutter blickte auf den See hinaus und weinte endlich. Dann fuhr sie zurück in das Haus, in dem die beiden gemeinsam alt werden wollten, und brach zusammen.

Auf der Beerdigung stand meine Mutter unter dem Einfluss eines beeindruckenden Drogencocktails, wie sie berichtete. Zwei Bekannte hatten sie untergehakt, damit sie sich auf den Füßen halten konnte. Charlie –

und er behauptet, dies sei eine seiner klarsten Erinnerungen überhaupt – half den beiden Männern. Er stemmte seine kleinen Füße in den Friedhofsboden und stützte seine Mutter. Er war wild entschlossen, dass sie nicht fallen würde, auch nicht, falls die Männer sie losließen.

Und ich? Ich wachte irgendwann auf, Jahre später, in meinem Kinderzimmer.

Der Pick-up orgelt kurz, bis er anspringt. Wie ein Dieb sitze ich am Steuer. Bestimmt wacht Charlie gleich auf. Ich behalte das Fenster von Professor Aldrichs Schlafzimmer im Auge, doch es bleibt dunkel. Inzwischen müsste es drei Uhr morgens sein. Wir würden vormittags zum Flughafen fahren und uns auf die Wartelisten sämtlicher Fluggesellschaften setzen lassen.

Ich rolle zunächst im Standgas die Küstenstraße entlang, bis ich in sicherer Entfernung aufs Pedal trete. Ich bin ruhig und handle überlegt, als sei nichts passiert, als würde Werner gerade zu Hause in München seinen Laden aufschließen und einen tiefen Zug aus seiner Sauerstoffflasche nehmen, bevor er ihn betreten würde.

Als ich das Ortsschild von Colt's Neck passiere, werfe ich einen Blick auf die alte Tankstelle. Eine Laterne beleuchtet das Grundstück gerade hell genug, damit kein Trucker hineinrast und eine Katastrophe verursacht. Die dicke Mary hat das Schild in der Tür auf *Closed* umgedreht. Ich biege ab, fahre langsam den Weidezaun entlang und halte vor der Auffahrt zu Springsteens Farm. Ich steige aus und laufe durch das Gatter. Nach ein paar Minuten erkenne ich schemenhaft auf dem Hügel eine große verwinkelte Holzvilla.

Ich bleibe stehen und atme so leise ich kann. Mein Herz aber schlägt wie die Bassdrum, die der Tontechniker vor dem Konzert angetestet hatte.

»Und was hast du jetzt vor?«, sage ich leise zu mir selbst. »Willst du vielleicht klingeln, du Scheißstalker?«

»Der Boss hätte bei Elvis geklingelt«, höre ich Werner sagen. »Also, viel Spaß, Junge.«

Insgeheim wünsche ich mir, dass nun von links und rechts zwei Security-Typen angestampft kämen, breit wie Bullen, Stöpsel im Ohr, und mich unfreundlich vom Gelände schieben würden. Doch nichts stört die vollkommene Ruhe dieser Nacht.

»Er ist doch sowieso nie da«, höre ich die dicke Mary von der Tankstelle sagen. »Er besitzt überall Scheißhäuser, wisst ihr.«

Im ersten Stock der Villa geht ein Licht an.

»Ach du Scheiße«, sage ich und ducke mich. Dann noch ein Licht. Ein Hund bellt. Kurz bin ich gelähmt, weiß nicht, ob vor oder zurück – und versteinere. Ich muss aussehen wie eine Figur im Comicfilm, wenn man auf Pause drückt. Ich balle meine Finger zu Fäusten, die Bewegungsfähigkeit kehrt zurück. Schließlich gehorchen auch meine Füße wieder. Ich renne den Kiesweg zurück, durch das Gatter, und steige hastig in den Pick-up, wo ich erst mal durchatme, bevor ich den Schlüssel umdrehe.

Nichts. Nicht mal das Orgeln.

Ich drehe den Schlüssel erneut.

Gar nichts.

»Hast du immer schön vorgeglüht?«, höre ich Charlie fragen und lasse mich wie einen Sack auf die Sitzbank fallen.

»An irgendwas erinnert mich das«, sagt Mary von irgendwoher. Weil mir nichts anderes übrig bleibt, schlafe ich einfach ein.

Klock.
»Hmh?«
Klock, Klock.
»Scheiße, ich schlafe noch.«
Klock, Klock, Klock.
»Hey there, Mister«, ruft eine sonore Männerstimme.

Meine Augen sind verklebt. Wenn ich sie sofort öffne, dann reißt womöglich etwas. Aber selbst durch die geschlossenen Lider spüre ich das Tageslicht.

Klockklockklock.

Ich richte mich auf und zwinkere ein paar Mal. Ein Mann in Jeans und weißem T-Shirt steht keinen halben Meter entfernt von meinem Fenster auf der Fahrerseite. Ich sehe nur seinen Hosensaum bis hin zum Kragen, von den Dichtungsgummis der Scheibe wird die Person eingerahmt wie ein Foto. Ich kurbele das Fenster herunter und blinzle in die Morgensonne. Das strubblige schwarze Haar des Mannes wird von hinten beleuchtet, sein Gesicht ist ausgeblendet.

»Are you alright, Mister?«, fragt er.

Die Stimme, denke ich leise, diese Stimme.

»The car won't start«, sage ich.

»I had a Chevy just like that«, er klopft zweimal mit der offenen Hand auf das rostige Dach. »Did you preglow?«, fragt er.

Vorglühen? Ich? »I never do that«, sage ich und lache.

»You never do that, hah? Seems to me, boy, you need some patience.«

Ich nicke. »Do you know what time it is?«, frage ich.

»It's seven thirty, and I have to bring my kids to school.« Der Mann dreht sich in der Hüfte und deutet auf den gleichen weißen Geländewagen, der von der Farm bog, als Mary und ich hier gestern standen. Der Motor läuft. Auf dem Rücksitz warten zwei Teenager.

»I'll go to Mary's place«, sage ich.

»Yeah.«

»And we're gonna have a party«, füge ich hinzu und lache debil.

Der Mann äußert sich nicht zu meinem schlechten Gag.

»Thanks anyway, Sir«, sage ich und wundere mich über mein peinliches Verhalten.

»Let me try something«, sagt er und geht um den Wagen herum. Er legt beide Hände auf die Motorhaube und summt leise ein Lied. Dann schlägt er zweimal aufs Blech und klatscht in die Hände. »Alright.« Der Mann geht zurück zu seinem Wagen. Als er im Rückspiegel auftaucht, sehe ich, dass in seiner Jeanstasche ein rotes Cappy steckt.

Ich lehne mich aus dem Fenster und rufe ihm hinterher: »I need an advice, Mister!«

»Oh, really?«, antwortet der Mann, ohne sich umzudrehen. »I have an advice for you, right here, right now.«

»Okay …«, sage ich zögerlich.

»You should go home. Live your life.« Der Mann sagt das nicht unfreundlich.

»But …«

»That's all I have to say to you.«

»Thanks, Boss.«

Auch auf sieben Meter Entfernung hörbar, seufzt er. »Don't call me that.« Der Mann steht inzwischen mit einem Fuß in der geöffneten Fahrertür seines Wagens. »I hate it.« Er setzt sich und knallt die Tür zu.

Ich sinke zurück. »Er hasst es, wenn man ihn *Boss* nennt, er hasst es …«, sage ich. Erneut lehne mich aus dem Fenster. Doch der große Jeep verschwindet bereits hinter dem nächsten Hügel. »Okay.« Ein letztes Mal drehe ich den Wagenschlüssel. »Patience«, sage ich leise und warte kurz. Der Glühdraht erscheint und erlischt wenige Sekunden später. Als ich den Schlüssel weiterdrehe, röchelt Charlies alter Pick-up zwar ein paar Mal, doch er springt an.

Ich stelle den schwarzen Gitarrenkoffer auf die Terrasse. »Charlie?«

»Ja?«

»Bin noch kurz am Strand, dem Meer Tschüss sagen.« Ich mache das immer, Charlie weiß das.

»Bis gleich.«

Ich überquere die Straße und lasse meine Schuhe auf der Düne stehen. Im Ozean badet ein einzelner Mensch. Langsam kommt er heraus und schüttelt das Wasser ab wie ein alter Streuner. Es ist Jerry, der alte Mann von nebenan. Er hebt sein Handtuch auf und wirft es sich über die Schulter. Er ist zu weit weg, aber es scheint, als spräche er mit sich selbst. Was ist wohl mit seiner Frau? Ich mache mir immer Sorgen um alte Männer, die niemanden haben. Um Werner zum Beispiel, habe ich mir immer riesige Sorgen gemacht. Ich konnte mir nie vorstellen, dass er irgendwann alleine sterben soll. Anna und ich haben oft davon gesprochen, wie es wohl sein wird, wenn wir mal alt sind. Das war, als wir noch sprachen. Als ich noch nicht verstummt war, aus Angst vor dem gestrigen Tag. Würden wir es nun hinkriegen? Darüber nachzudenken fühlt sich komisch an, weil es weit weg ist. Aber ich will, dass sie mir aus dem Bett hilft, wenn ich ein alter Sack geworden bin. Und ich will ihr aus dem Bett helfen. Ich würde dann auch gerne am Strand leben und schwimmen gehen. Wie Jerry. Aber nicht alleine. Nicht ohne Anna. »Mach mich jetzt auf den langen Weg zu dir«, tippe ich ins Handy und drücke auf *Senden*.

Mary setzt uns am Terminal ab. Sie bequatscht einen der schwarzen Aufsichtsbeamten, dass sie nur kurz stehen bleiben würde, und begleitet uns ins Flughafengebäude.

»Du siehst müde aus, Tom«, sagt Mary.

Ich lasse Papas Weekender auf den Boden plumpsen wie einen Seesack. Den Gitarrenkoffer stelle ich behutsam daneben. »Hab kein Auge zubekommen«, antworte ich.

Charlie geht in den Zeitschriftenladen.

»Ich auch nicht. Ich habe auf dich gewartet«, sagt Mary.

»Es tut mir leid.« Ich blicke zu Boden.

»Tom?«

»Ja.«

»Verrätst du mir endlich, wie sie heißt?«

»Anna. Sie heißt Anna.«

Mary schüttelt kurz den Kopf. »Jedenfalls: Ich hoffe,

dass es eurem Freund besser geht, wenn ihr ihn seht.«
Sie umarmt Charlie kurz vor der Lichtschranke einer
Schiebetür, die halb zufährt, dann aber wieder aufgeht,
halb zufährt und wieder aufgeht. Wie zwei Freunde,
die wissen, dass sie sich in ein paar Tagen wiedersehen.
Mary streckt mir beide Arme entgegen und signalisiert
so, dass ich mir eine Hand aussuchen soll. Die Schiebetür ruckelt erneut. Ich tippe auf ihre linke Hand. Sie
öffnet die Faust. In ihrer Handfläche liegt ein kleines
Dreieck aus Plastik.

»Ist das ein Pick vom …« Ich stocke. Er mag es doch
nicht, wenn man ihn Boss nennt, Idiot. »… Ist das
Springsteens Plektrum?«

Mary schüttelt ihre Hand, sodass ein weiteres Plektrum zum Vorschein kommt, das unter dem anderen
lag. »Hat mir Sandy von der Roadcrew für dich mitgegeben. Sie fand dein Schild so niedlich.«

»Was ist niedlich?«, fragt Charlie.

»Verpiss dich«, zische ich. »Du wusstest von dem
Schild, Mary?«

»Bin ich blind?« Mary nimmt mich in den Arm.
»Ein Plektrum ist für dich. Und das andere kann dein
Freund in seinem Laden verkaufen, sobald er wieder
gesund ist.«

Ich nehme Mary fest in den Arm. »Wahrscheinlich
verlangt der alte Halsabschneider zweitausend Euro
dafür«, sage ich und lasse sie wieder los.

»Und noch was«, sagt Mary und fasst in die Innen-
taschen ihrer Jeansjacke. Sie drückt mir eine Kassette
in die Hand. »Wenn man schon nicht schlafen kann,
dann sollte man wenigstens Mixtapes aufnehmen.«

Das muss in unseren Karteikasten.

»Ich habe nicht mal einen Kassettenrecorder.«

Mary drückt mir einen alten Walkman in die Hand.

»Du hast an alles gedacht.«

»Bruce wird nicht mehr ewig Musik machen, weißt du.«

»Sag das nicht.«

»*Them old records won't be saving your soul.*«

»Wie bitte?«

»Ist ein Demotape von The Gaslight Anthem. Hat vor dir wahrscheinlich noch niemand außerhalb von New Jersey gehört. Versprich mir, dass du zumindest den zweiten Song anhörst, ja? Wird dein Leben verändern.«

»Schon wieder? Ich weiß nicht, wie oft das mein Leben aushält.«

»Du hältst alles aus, Tom.«

»Wie heißt der Song?«

»*Stay Lucky.*«

»Werd's versuchen.«

Charlie gibt das Startsignal und nimmt unsere Taschen. Ich schlendere mit dem Gitarrenkoffer in der Hand durch die Schiebetür. Als ich mich noch mal umdrehe, ist die Tür schon wieder geschlossen. Man sieht nur Marys Umrisse. Dann dreht sich ihr Schatten und verschwindet zwischen denen der anderen Menschen.

In der Schlange an der Sicherheitskontrolle trinkt Charlie noch seine Wasserflasche aus und bietet mir den letzten Schluck an. Ich schaue angeekelt. Er zuckt mit den Schultern und wirft die Flasche im hohen Bogen in einen Mülleimer, der fünf Meter entfernt steht.

»You!«, ruft ein dicker schwarzer Sicherheitsbeam-
ter in unsere Richtung.

»Ich glaube, er meint dich«, sagt Charlie.

Der Beamte winkt mich zu sich.

»Na toll, du wirfst mit Flaschen um dich, und mich
ziehen sie raus.« Ich verlasse die Schlange. »Yes, Sir?«

»The case.« Der Beamte zeigt auf den Gitarrenkoffer.

Ich lege ihn gehorsam auf den Beistelltisch neben
dem Röntgenapparat.

»Open up.«

Ich schlucke, tue aber, was er sagt. Das Innere des
Koffers sieht aus wie das Moulin Rouge, ganz in pink.
Auf der Gitarre selbst liegt ein Schontuch – aus rosa
Samt.

»Remove that.«

Ich ziehe das Schontuch von der Gitarre und falte es
sorgfältig. Der Beamte winkt einen Kollegen zu sich.
Sie blicken mich düster an, als würden sie das Instrument amtlich zersägen wollen, weil sie sich einen
Jahrhundert-Drogenfund versprechen. Doch plötzlich
wandelt sich der Gesichtsausdruck des Schwarzen.
»Wow, man, that's very cool! We just wanted to see it.«
Er klatscht mit mir ab. Ich schließe den Koffer wieder,
werde als Erster durch den Metalldetektor gewunken
und grinse Richtung Charlie, der noch zwanzig Minuten Schlangestehen vor sich hat. Er zeigt mir den Mittelfinger.

Charlie muss ein Flugzeug nur betreten, dann schläft er
schon ein. Sein Kopf liegt auf meiner Schulter. Ab und
zu überprüfe ich, dass er mir nicht auf mein T-Shirt

sabbert. In meiner rechten Hand halte ich den Walkman, in der Linken das Demotape. Ich schaue mich um, als würde ich etwas Verbotenes tun, und lege es ein. Der erste Song geht so, ehrlich gesagt. Der zweite drückt dann ziemlich nach vorne und gefällt mir sofort. Ich höre ihn fünf Mal, bis ich mich an einer Stelle festbeiße, zu der ich immer wieder zurückspule. Ich hatte das wimmernde Geräusch eines Tonbands im Kopfhörer schon vergessen. Irgendwann bilde ich mir ein, dass ich verstehe, was der Kerl da singt. »Da hat er recht, worauf warte ich eigentlich, verdammte Scheiße?«, denke ich zu mir.

»Was?«, fragt Charlie verpennt.

Hab ich das laut gesagt?

Obwohl Charlie nicht sofort wieder einschläft, sprechen wir kaum, und wenn doch, verlieren wir uns in sinnlosen Spekulationen darüber, wie es Werner wohl geht. Der alte Kämpfer. Ich weiß noch, wie Charlie mich das erste Mal mit in den Laden genommen hatte. Meine Mutter wollte einen freien Nachmittag und nötigte ihrem Ältesten auf, seinen kleinen Bruder mitzuschleppen. Ich muss damals unerträglich gewesen sein. Lautmalerisch sang ich den ganzen Tag Songs von *Born in the USA*, natürlich ohne dass ich ein Wort Englisch verstanden hätte. Meine Mutter behauptete immer, wenn ich mir später Lateinvokabeln so gut merken könnte wie Springsteens Texte, könnte ich irgendwann Papst werden. Damals bimmelte Werners Ladentür noch wie jede andere. Den quakenden Frosch gab es noch nicht. Werner brauchte auch noch kein Sauerstoffgerät, diese Apparatur, die später sein ständiger Begleiter werden sollte.

Charlie war zu diesem Zeitpunkt entsetzlich verliebt in ein Mädchen von der Schule, und er erhoffte sich wohl Rat von Werner. Er bekam ihn auch.

»So, Karl«, sagte Werner und griff zielsicher ins Regal. »Jetzt nimmst du diese alte Vase hier und stellst da ein paar Blumen vom Markt rein. Aber lass dir kein Grünzeug aufschwatzen. Einfach nur Blumen, okay?«

»Okay.«

»Aber keine roten. Und dann drückst du das Ding ihrer Mutter in die Hand, wenn du dein Mädchen abholst.«

»Und wenn ihr Vater aufmacht?«, fragte Charlie.

Ich hörte den beiden fasziniert zu.

»Dann sagst du: *Hier, für die Dame des Hauses*. Klar?«

»Klar.« Charlie und ich drehten uns um und wollten gehen, doch Werner herrschte Charlie an: »Zehn Mark kriege ich noch, Junge.«

»Was?«

»Na, für die Vase.«

Am 11. September 2001 trafen wir uns sogar alle bei Werner im Laden, ohne dass wir uns verabredet hätten. Wir brauchten ihn wohl einfach. Charlie, Ben und ich. Wir waren gezeichnet vom Inferno, von diesem Tag, von dem jeder unserer Generation auf ewig wird erzählen können, wo er gewesen ist und was er gerade tat, als die Türme fielen. Werner erklärte uns an diesem Abend den Zusammenhang der Dinge. Er sagte, es würde Krieg geben, da dürfte man sich jetzt nichts vormachen. Dieser Tag würde ausgenützt werden, und alle ehrlichen Männer, alle klugen Philosophen und Idealisten, alle Bob Dylans, Neils Young und Bruce Springsteens zusammen, würden nichts daran ändern können. Ihr Chor würde erst gehört werden, wenn es längst zu spät sein werde.

Nur ein einziges Mal haben wir Tränen in Werners Augen entdeckt. Ben und ich hatten uns selbst zu ihm eingeladen, um Barack Obamas Amtseinführung zu verfolgen. Wir hatten eine Flasche von dem schweren Cabernet Sauvignon mitgebracht, den er so mag, und glotzten in das kleine gelbe Fernsehgerät, das noch immer neben der Kasse steht, obwohl es jeden Moment zu implodieren droht. Als das Telefon klingelte, fluchte Werner: »Hier wird gerade Geschichte geschrieben, was ist denn, verdammt?« Dann leuchteten plötzlich seine trüben Augen. »Ach, Charlie«, sagte er, als wäre sein eigener Sohn am Apparat.

Mein Bruder war ins Auto gestiegen und nach Washington gefahren an diesem Tag im Januar 2009 und stand nun zwischen Hunderttausenden von Menschen, die sich vor dem Lincoln-Memorial versammelt hatten. Er wanderte zwischen den Leuten umher und drückte ein paar von ihnen das Handy in die Hand. Werner unterhielt sich mit jedem Einzelnen und lachte und fluchte in seinem gebrochenen Englisch. »Okay«, rief Charlie irgendwann und verlangte sein Telefon zurück. »Es geht los. Ihr müsst jetzt gucken. Ihr steht doch auf den Typen.«

Auf Werners kleinem Fernseher kam Bruce Springsteen auf die Bühne. Ein gewaltiger Vorhang öffnete sich, hinter dem ein Gospelchor bereitstand. Springsteen nahm seine Westerngitarre und spielte *The Rising*. Werner mag die neuen Platten eigentlich nicht, zu glatt seien die, sagt er. Aber plötzlich war sie da: Eine Träne rollte an seinen linken Lidrand und staute sich auf.

Werner wischte sie sofort weg, aber ich hatte sie genau gesehen.

»Alles klar, Werner?«

»Bruce ist zu spät.«

Als sich am Flughafen in München die Schiebetür öffnet, steht Anna zwischen den Wartenden. Sie hat ihre Haare zu einem Dutt gebunden, ihre Stirn runzelt sich in kleinen Sorgenfalten. Einen Moment lang stehen wir unbeholfen voreinander. Dann umarmen wir uns, als hätten wir es noch nie getan. Sie nimmt mein Gesicht in ihre Hände. »Wurde Zeit, dass du nach Hause kommst.«

Ich nicke und mache Charlie Platz.

»Karlchen«, sagt Anna und legt eine Hand auf seine Backe.

Ich packe beide und drücke sie eng an mich. In einem verschlungenen Dreieck stehen wir zwischen Gepäckwagen, vor Wiedersehensfreude jaulenden Hunden und stolpernden Kindern.

»Okay«, sagt Charlie wie ein Kapitän, der seiner Mannschaft eine Ansage macht. »Lasst uns zu Werner fahren.«

Anna stupst mit ihrem Fuß den Gitarrenkoffer. »Und was ist das da?«, sie klingt gerührt, als würde dieses unerwartete Stück Leder und Kunststoff, sie ein wenig aus der Bahn werfen.

»Ist nicht für mich«, antworte ich mit zitternder Stimme.

»Soso.« Wir lachen leise aber erleichtert. Ich nehme sie noch mal in den Arm, Charlie trägt das Gepäck ein paar Meter durch die Wartehalle von uns fort. Unsere

Lippen berühren sich zaghaft, erst nach einigen Sekunden löst sich die Spannung. Annas Augen sind feucht, als ich sie ansehe. Wir gehen Arm in Arm ein paar Meter hinter Charlie. Immer wieder küsse ich im Gehen ihr Haar. Es riecht so verdammt gut.

»Und, hast du ihn getroffen?«, fragt sie.

»Wen?«

»Jetzt stell dich nicht blöd. Den Boss.«

»Kann man so sagen, ja. Aber nenn ihn nicht Boss. Er mag das nicht.«

»'Tschuldigung«, sie schüttelt belustigt den Kopf.

Das Krankenhaus liegt auf einer Brachfläche am Rand der Stadt wie ein gecrashtes UFO. Ben wartet bereits zwischen Männern in Jogginghosen, die hastig eine Zigarette rauchen. Seine Gesichtszüge bleiben versteinert, als er Charlie und Anna begrüßt.

»Wie geht's dir?«, frage ich und nehme ihn in den Arm.

»Beschissen. Die haben Werner in ein künstliches Koma versetzt.« Er pocht mit den Knöcheln auf sein Brustbein. Klock, klock, klock. »Das Bindegewebe seines gesunden Lungenflügels ist gerissen. Ihr müsst euch das Röntgenbild mal ansehen: Das Teil hat sich verkrampft und ist jetzt so klein wie eine Apfelsine, verdammt.«

»Ich habe gefragt, wie es *dir* geht, Ben«, sage ich.

»Ich bin okay.«

In der Eingangshalle dieses Endzeitbaus fahren wir eine Rolltreppe hinauf. Ich bin so müde, dass dieser Morgen noch unwirklich erscheint. Als würde ich gleich aufwachen und meinen Kopf von der Ledersitzbank von Charlies Pick-up heben. Doch die weißen Männer, die in Sandalen über die Gänge huschen, auf ihre Pager gucken und dann in Wandtelefone sprechen, sie sind real.

Wir biegen in einen Seitentrakt ab und steigen in den Fahrstuhl. Ben drückt auf die 8.

»Was soll das sein?«, fragt Anna und deutet auf das unterste Stockwerk.

»*U2*, na ja, zweites Untergeschoss halt«, sage ich.

»Und eine echt beschissene Band«, sagt Ben.

»Na toll, jetzt habe ich Bono vor Augen«, mault Charlie.

»Nein, was da drunter steht«, sagt Anna, »… Entsorgungstunnel.«

Charlie, Ben und ich gucken uns schweigend an.

Die Tür öffnet sich. Zwei Schwestern schieben einen Wagen mit Teekannen vorbei. »Können wir zu ihm?«, fragt Ben. »Zu Werner Eckstein?«

»Moment«, sagt eine der Schwestern und öffnet die Tür eines Krankenzimmers. Am Fußende des Bettes steht ein Arzt im weißen Kittel und murmelt etwas. Die Schwester schließt die Tür wieder. »Fünf Minuten«, sagt sie. »Und ausschließlich Angehörige. Der Mann liegt im Sterben. Sind Sie alle mit ihm verwandt?«

Wir nicken, einer eifriger als der Nächste.

Ben geht voran in Raum 89. Anna nimmt meine Hand und zieht mich in das Zimmer. Werner liegt mit einem weißen Krankenhauskittel bekleidet im Bett. In seinem Gesicht der vertraute Anblick der Sauerstoffmaske. Auf dem Boden ist ein weißer Zylinder aufgebaut, von dem ein Schlauch zwischen die Bänder seiner Krankenhauskleidung führt.

»Ist das Sauerstoff?«, frage ich, als müsste ich dieser Situation mit größtmöglicher Objektivität begegnen.

»Das ist nichts als Luft«, sagt Ben. »Die versuchen, mit dem Ding den Lungenflügel wieder zu entfalten.«

»Die pumpen ihn auf?«, fragt Charlie, setzt sich auf den Rand des Betts und nimmt Werners rechte Hand.

Anna nimmt auf der anderen Seite Platz. »Hat er denn niemanden außer uns?«, fragt sie, so gefasst, dass ich ihr ansehe, sie würde weinen, wenn sie nicht stark sein müsste.

»Seine Tochter ist auf dem Weg«, sagt Ben.

»Seine Tochter?«, frage ich.

»Werner hat eine Tochter?« Charlie kann nicht glauben, was er hört.

Ben holt tief Luft: »Es war so. Die Putzfrau hat ihn gestern Morgen gefunden. Werner lag mitten im Laden, um ihn herum lauter Platten von den Stones, The Clash, von Springsteen. Er muss mit einem Stapel gestürzt sein, und weil es so düster bei ihm ist, hat ihn keiner dort liegen sehen. Die Putzfrau hat offenbar Anweisung von ihm gehabt, eine bestimmte Nummer zu wählen, falls mal etwas sein sollte. Und dann war da diese Frau aus Holland am Apparat. Mehr wusste die Putze auch nicht.«

»Und wie hast du es mitgekriegt?«, fragc ich.

»Ich war beim Laden und wollte Werner noch mal fragen, wem er diese Gitarre verkauft hat, auf die ich gespart hatte. Ich dachte, wenn ich den Käufer finde, dann überlässt er sie mir vielleicht. Da stand aber schon der Krankenwagen vor der Tür.«

Die Krankenschwester kommt herein und sagt, dass die Besuchszeit abgelaufen sei. Anna beugt sich zu

Werners Ohr und flüstert: »Tom sagt mir immer, wie sehr er dich liebt, Werner.«

Charlie küsst den alten Mann auf die Stirn.

Ben steht am Fußende und streichelt über die Decke. »Bis morgen, Werner«, sagt er. Seine Stimme klingt hoffnungslos.

»Lenkt die Krähe mal kurz ab«, sage ich und nicke in Richtung der Schwester. Charlie bombardiert sie mit Fragen und schiebt sie dabei aus dem Zimmer. Anna versperrt ihr zusätzlich die Sicht. Dann schließt Ben von außen die Tür. Ich hole mein iPhone heraus und setze Werner die Ohrstöpsel ein. Als ich auf Play drücke, ertönt der brüllende Anfang von *Born to Run*. Ich reiße sofort das Kabel heraus.

Der Song wird mich noch umbringen, hatte Werner gesagt.

»Entschuldige, Werner. Entschuldige, bitte«, flüstere ich und streiche ihm ein paar der gelbgrauen Haare aus der Stirn. Ich stecke das Gerät wieder ein, nachdem ich es leiser gestellt habe. »Weißt du noch, als du das mal gespielt hast im Laden?«, frage ich in die Stille des Zimmers und stelle den Song an, den ich eigentlich spielen wollte. »*Hier, kennst du das schon?,* hast du gefragt. *Ja, ist aus einem Film*, habe ich dir geantwortet. ›*The Wrestler*‹. Und dann habe ich gelacht und gesagt, dass dir am Ende doch nicht etwa einer der neueren Springsteen-Songs gefällt …«

»Doch, der schon«, sagte Werner damals und lehnte sich zurück auf seinem Barhocker hinter der Kasse. »Hör doch nur, Junge«, sagte er und streckte seinen Zeigefinger in die Luft, als müsse ihm nun die ganze Welt zuhören. »Hör doch, was der Kerl da singt.« Und dann schaffte es Werner, der Welt endlich zu erklären, warum dieser Sänger aus New Jersey so viele Menschen berührt. Wir, die wir unser Leben führen, so gut wir's eben hinkriegen, wir fühlen uns manchmal wie Verlierer. Und Springsteen singt über solche Verlierer wie uns. Wenn wir also einer der Glücklichen sind, bei denen seine Songs ankommen, die wie wir den Springsteen-Nerv haben, dann bietet sich die einmalige Gelegenheit, zum Helden eines Rock'n'Roll-Songs zu werden. Zugegeben: Man ist der Held eines Rock'n' Roll-Songs über Verlierer. Aber man ist ein Held.

»Hör doch, was der Kerl da singt«, sagte Werner und schloss die Augen. »Das bin doch ich. Der meint mich.«

Have you ever seen a one armed man punchin' at nothing but the breeze. If you've ever seen a one armed man then you've seen me.

»Bis morgen.« Ben hebt seinen übermüdeten Körper aus dem Saab.

»Schlaf dich mal aus«, sagt Anna.

»Ihr aber auch. Ich rufe erst wieder an, wenn ich was von Werner höre.«

Übernächtigt fahren wir in Richtung meiner Wohnung.

»Ich habe dir ein Bett bei Tom gemacht«, sagt Anna zu Charlie.

»Danke, aber ich werde bei Mama schlafen«, sagt er.

»Echt?«, frage ich. »Sie wird sich riesig freuen.«

»Halt vorher bitte kurz an, Anna«, sagt Charlie.

Sie biegt in eine Bushaltestelle und lässt den Motor laufen. »Was ist los, Karlchen?«

»Lasst uns kurz zum Laden fahren. Ich war seit Jahren nicht mehr dort.«

»Okay.« Anna wendet den Wagen.

Wir stellen das Auto im Parkhaus ab und gehen in die enge Gasse. Im Schaufenster steht ein Pappschild. *Vorübergehend geschlossen.* Die Putzfrau muss es aufgestellt haben. Charlie geht ganz nah an die Scheibe und hält sich die Hände rechts und links neben die Augen, um besser sehen zu können. »Was ist das denn?«, fragt er.

»Was?« Anna drückt ihre Nase neben Charlies. Sie stehen da wie zwei kleine Kinder, die sich als Mutprobe Werners Narbe ansehen wollen. »Krass«, sagt Anna.

»Was ist denn um Himmels willen?«, frage ich und klemme mich zwischen die beiden, um ebenfalls erkennen zu können, was im Laden los ist: Der Wasserfleck an der Decke hat sich in den paar Tagen, die ich weg gewesen bin, über die gesamte Decke ausgedehnt. Wie Blut, das sich seinen Weg durch den Körper sucht, fließt das Wasser über kleine Adern in der Mitte des Raumes zusammen. Erst am Sammelpunkt fällt es in dicken Tränen nach unten und bildet eine kleine Pfütze auf dem Boden vor dem Tresen.

»Der Laden weint«, sagt Anna.

Als wir hinter uns Schritte hören, drehen wir uns um. Ein kleiner Junge mit leuchtend blauen Augen schaut zu uns auf. »Wo ist der alte Mann?«, fragt er. Ich kann das Alter von Kindern schlecht schätzen, aber er muss sieben, acht Jahre alt sein.

»Ja, wo ist er?«, fragt ein rotblondes Mädchen, das neben dem Jungen steht und ebenfalls nach oben blinzelt.

»Wie unheimlich«, sagt Anna leise und tritt einen Schritt hinter Charlie und mich. Weitere fünf Kinder stehen auf dem schmalen Gehsteig und gucken uns fragend an.

Mein Telefon klingelt mit *Born in the USA*.

»Ben«, sage ich zu den anderen und gehe ran. Anna beißt sich auf die Lippen. Charlie guckt in meine Augen, während ich höre, was Benni zu sagen hat. Als ich auflege, sind keine weiteren Worte mehr nötig.

Anna wusste, wo sie mich finden würde, sie musste nicht mal anrufen. Ich sitze an unserem kleinen Strand an der Isar. Obwohl er mitten in der Innenstadt liegt, ist fast nie jemand hier. Ich höre Annas Schritte hinter mir im Kies. Sie umarmt mich von hinten. Ihr Kopf liegt beruhigend zwischen meinen Schulterblättern. Ihre Hände streicheln meine Haare.

»Ich möchte so gerne mal wieder mit dir am Strand schlafen«, sagt Anna. »Bis uns morgens die Moskitos auffressen.«

»Ja. Das wäre schön.«

»Warst du in New Jersey am Strand?«

»Ja, in Belmar. Wo Charlie gerade lebt. Und in Asbury Park.«

»Das Asbury Park von dieser Postkarte an deinem Kühlschrank?«

»Das ist keine Postkarte, das ist ein Album-Cover … aber ist ja auch vollkommen egal.«

»Und was hast du in Asbury Park gemacht?«

»Es war komisch, weißt du. Ich saß da im Sand und war vollkommen gelähmt. Ich konnte nicht vor und nicht zurück. Und dann ist es passiert. Dann war da dieser Moment, vor dem ich mich seit Wochen gefürchtet hatte.«

Anna geht um mich herum und blickt mir tief in die Augen. Ihr Gesicht ist eingerahmt vom langen, ruhigen Fluss. »Welcher Moment?«

»Ich hatte mir einen Countdown auf dem Handy eingerichtet, und je weiter es dem Ende zuging, desto lauter wurde das Trommeln in meinem Kopf. Weißt du noch, dieser Film mit Adam Sandler, in dem er sich so verliebt?«

»*Punchdrunk Love.*«

»Genau. Sandler hat doch die ganze Zeit diese krassen Trommeln, dieses Chaos im Kopf. So ging's mir auch.«

»Du warst so weit weg. Wochenlang war es, als wärst du überhaupt nicht da.«

»Aber in diesem Moment am Strand, da stoppten die Trommeln. Sie schwiegen plötzlich. Und dann war mir alles klar, weißt du.«

Anna schweigt.

»Ich bin jetzt älter, als es mein Vater je gewesen ist.«

»Das ist es also«, sagt Anna und streichelt mir das Gesicht.

»Erst war es nur eine Sekunde, dann eine Minute, jetzt sind es schon fast zwei Tage. Oder schon mehr? Bin total verwirrt vom Jetlag. Jedenfalls: Es war ja totaler Quatsch.«

»Nein, das ist kein Quatsch. Ich kann mir vorstellen, wie du dich gefühlt haben musst.«

»Und jetzt bin ich wieder da. Und du bist da. Das ist das Allerwichtigste.«

»Das ist schön zu hören.«

»Ich hatte Angst vor diesem Tag, seit ich vierzehn oder fünfzehn war. Charlie ging es damals genauso, hat er mir erzählt.«

»Als wir das letzte Mal am Grab waren, da habe ich mir schon so was gedacht. Aber ich wollte dich nicht noch mit der Nase drauf stoßen.«

»Hat dich ein Porschefahrer angemacht?«

»Dutzende.«

»Und warum bist du tagelang nicht ans Telefon gegangen?«

»Weil ich echt sauer war auf dich.«

»Tut mir leid.«

»Stimmt nicht: Ich war eher traurig.«

»Tut mir trotzdem leid.«

»Aber ich dachte, wir müssen da jetzt durch. Du musst deinen Kopf freikriegen, und ich wollte sehen, wie es ist, wenn du wieder da bist.«

»Und, was sagst du?«

Seit wir uns kennen, wiederholt Anna das Mantra, dass wir alles schaffen können. Und wenn wir keinen Job hätten, dann würden wir eben nach Afrika fahren und Brunnen graben, hat sie mal gesagt. Oder auf Sumatra Orang-Utans retten.

Anna lacht mit geschlossenem Mund. Ihre Backen ziehen sich schmunzelnd zusammen. »Ich bin stolz auf dich«, sagt sie. »Und dein Vater wäre stolz auf dich.«

10. DANCING IN THE DARK

Mein Blick ruht auf dem schweren Samtvorhang. »Auf Werner«, ich hebe mein Bierglas.

»Auf Werner«, erwidert Charlie, der ebenfalls auf den Stoff starrt. Das Gemurmel dahinter wird langsam lauter. Plötzlich bewegt sich der Vorhang, als taste sich jemand unbeholfen an ihm entlang. Dann steckt Ben seinen Kopf hindurch.

»Rein hier, Depp«, ich ziehe ihn am Kragen zu uns. »Hat Anna dich gesehen?«

»Nein, sie ist noch nicht da, glaub ich.«

»Schwein gehabt.«

»Wie war's beim Notar?«, fragt Ben und guckt sich auf der Bühne um. Ein kleines Schlagzeug, zwei Verstärker und meine Gitarre stehen herum.

»Werner hat verfügt, dass der Laden geschlossen wird, falls ihn niemand übernimmt«, sage ich.

»Hat der Laden Werner gehört?«, fragt Charlie.

»Nein, nur die Einrichtung, die Gitarren, die Platten und der ganze Krimskrams. Allerdings ist die Miete ein Witz: 250 Euro.«

»Das ist ja geschenkt«, sagt Charlie.

»Deshalb werde ich auch zugreifen«, sage ich und nehme einen tiefen Schluck von meinem Bier.

Charlie guckt mich mit großen Augen an: »Was?«

»Wie bitte?«, fragt Ben.

»Ich nehme Werners Laden.«

»Sie haben dich also gefeuert«, kombiniert Charlie.

»Hochkant«, ich schüttle den Kopf und gucke grinsend zu Boden. »Ich musste sogar innerhalb einer halben Stunde das Gebäude verlassen.«

»Diese Arschgeigen«, sagt Ben.

»Die wollten mich sowieso loswerden. Die haben doch nur auf eine Gelegenheit gewartet. Da dachte ich mir: Ich mache meine eigene kleine Firma auf. Ich habe einen ganzen Stapel von Entwürfen, die ich Hitler und den Heuschrecken vorenthalten habe. Ich brauche nur eine Druckmaschine und ein paar Computer. Und Lena ist auch am Start. Ist ja keine Raketentechnologie, was wir vorhaben. Wir entwerfen T-Shirts, drucken und verkaufen sie, genau wie jetzt, nur eben in Werners Laden.

Ben sitzt etwas betreten auf dem Hocker hinter dem Drumset. »Behältst du denn die Plattenwand? Ich meine: Wo kann man in München sonst noch Vinyl kaufen?«

»Wenn du dich um sie kümmerst, mein Freund ...«

»Du willst mich dabeihaben?« Ben scheint sein halbes Gesicht zu verschlucken.

»Falls du es zeitlich hinkriegst, wäre das doch der Knaller. Ich meine: Du bist ja jetzt Theaterregisseur und so ...« Ich betone jede Silbe einzeln.

»Beschrei's nicht«, sagt er bescheiden.

»Wie auch immer, du würdest jedenfalls den Gewinn einstreichen, den die Plattenwand abwirft.«

»Ich investiere tausend Euro in den Laden«, sagt

Charlie. Gäbe es noch Scheckbücher, er hätte seines in diesem Moment gezückt.

»Auf Tom, den fuckin' Boss«, ruft Ben.

»Auf den fuckin' Boss«, sagt Charlie.

Als Ralf zu uns hinter den Vorhang kommt, wirkt er ein wenig nervös. Er hat seinen Morgenmantel aus Seide gegen einen schwarzen Cordanzug getauscht.

»Alles Gute, Ralf«, Ben steht auf und gibt ihm die Hand. »Wir kennen uns noch nicht. Ich bin Ben.«

»Hallo, Ben. Sagt mal, seid ihr so weit? Dann könnt ihr in fünf Minuten loslegen.«

»Wir sind so weit«, sagt Charlie selbstsicher.

»Danke, dass du uns das machen lässt«, ich blicke Ralf fest in die Augen. Ich hatte ihn vollkommen falsch eingeschätzt, bevor ich ihn anrief und ihm meinen Vorschlag unterbreitete.

»Ehrlich gesagt, wusste ich erst nicht so genau«, lacht Ralf. »Aber dann habe ich mir die *Greatest Hits* gekauft. Sind schon echt gute Sachen drauf.«

Wir nicken zu viert um die Wette, dann spreizt Ralf die Finger seiner rechten Hand. »Fünf Minuten.«

»Ist Anna da?«, rufe ich.

Ralf öffnet den Vorhang ein Stück, und ich blicke hindurch. Anna sitzt neben Lena an der Bar. Sie streckt ihren Hals und schaut sich um.

»Oh Mann, das wird total peinlich«, jammert Ben, der über meine Schulter guckt.

»Reiß dich zusammen«, sagt Charlie und bindet ihm ein Piratentuch um den Kopf.

»Dir schlabbert das Hemd ja auch nicht bis zu den Knien. Du hast dir ja einfach Toms besten Anzug über-geworfen«, mault Ben.

»Was kann ich denn dafür, dass dieser Max Weinberg der Einzige aus eurer Lieblingsband ist, der nicht im Faschingskostüm herumläuft?«, fragt Charlie und setzt sich hinter das Schlagzeug.

»Leute«, sage ich. »Jeder in diesem Raum ist jetzt bereits dümmer als ein paar Minuten zuvor, weil er sich euren Scheiß anhören muss.« Mein Kostüm ist aber auch vergleichsweise harmlos, ich trage eine Jeans und das alte *Born in the USA*-Shirt, das mir Werner geschenkt hatte.

»Ich finde, ihr seht super aus«, sagt Ralf. »Wie die Village People, nur – weiß nicht – provinzieller.«

»Und Anna weiß wirklich von nichts?«, frage ich.

»Sie wollte nicht mal kommen, weil sie sagte, ihr hättet euch so lange nicht gesehen. War eine Menge Arbeit, sie zu überreden.«

»Danke, Ralf. Hast einen gut.«

»Bedankt euch nicht, bevor ihr nicht den Laden gerockt habt.« Er setzt den Satz in Anführungszeichen. »Das sagen Altrocker wie ihr doch, oder?«

Hinter dem Schlagzeug steht Ralfs inzwischen vollendetes Gemälde. Er hat es tatsächlich *Donnerstraße* getauft, und als er mir dazu noch einen erstaunlich fairen Preis anbot, habe ich es mir reservieren lassen. Vielleicht werde ich es in Werners Laden aufhängen. Zunächst aber soll es als Hintergrund für unseren Auftritt dienen.

Ben wackelt mit beiden Beinen, wie immer, wenn er nervös ist. »Und, wo ist jetzt die Gitarre? Du hast gesagt, du hast eine Gitarre für mich organisiert.«

»Hab ich auch.« Ich öffne das Kabuff, das als Putzschrank dient. Das Bild des Schlangenlederkoffers, wie er da zwischen Besen und Eimern steht, könnte das Cover der nächsten Springsteen-Platte sein. Ich schnappe ihn mir und wuchte ihn zu Ben hinüber. »Hier, gehört dir.«

Bens Augen leuchten. »Ist das die alte Epiphone aus Werners Laden?«

»Nein. Das ist die alte Epiphone aus New Jersey.«

»Und was heißt: ›Gehört dir‹?«

»Dass sie dir gehört.«

»Wie hast du die gefunden? Wie hast du …«

»Leute, soll ich euch noch Ringe besorgen …«, sagt Charlie, um die ihm unerträgliche Männerfreundschaftsromantik zu beenden. »Ben?«

»Ja?«

»Hier. Mach dich bereit«, er wirft ihm das Stimmgerät zu. »Und Tom?«

»Ja?«

Charlie nickt mir lang und deutlich zu.

»Okay. Lasst es uns tun«, sage ich und nicke wiederum Ralf zu, der seinerseits nickt und einen Knopf in der Wand drückt. Lautlos und langsam fährt der schwarze Vorhang zu beiden Seiten auf. Ralf hatte zwar erzählt, dass er seinem gesamten Lehrstuhl an der Kunstakademie Bescheid gegeben hatte, aber ich hätte nicht gedacht, dass so viele Leute kommen würden. Siebzig, achtzig Gäste, fast alles Frauen, beschäftigen Mark, den Barkeeper. Der kleine, düstere Club wirkt immerhin halb voll. Anna sitzt noch immer an der Bar. Vor ihr steht ein Aperol, und sie unterhält sich noch immer mit Lena, die sie bei Laune halten sollte, damit Anna nicht zu früh nach Hause geht.

Als die Meute uns auf der Bühne entdeckt, kommt

zaghafter Applaus auf. Es dauert nicht lange bis fast alle klatschen – nur Anna sitzt mit großen Augen auf ihrem Barhocker.

»Hallo«, sage ich ins Mikro, und wie schon auf der Party zu unserem Dreißigsten fiept es in diesem Moment, als wollte ich alle Hunde aus der Nachbarschaft zusammentrommeln. Charlie steigt zwei Mal auf die Bassdrum, Ben stöpselt seine Gitarre ein und spielt den ersten Akkord. Der Sound stimmt, trotz der dünnen Besetzung wird der Laden gut beschallt. Jetzt dürfen nur wir nicht verkacken.

»Schön, dass ihr alle gekommen seid. Und Ralf – alles Gute zum Geburtstag!«, sage ich und hänge mir meine vernarbte Gibson um. »Wir sind die *Asbury-Parkwächter*, und ich freue mich, dass Charlie heute Abend hier ist – mein Bruder.« Ein paar Leute applaudieren zaghaft. »Wir spielen auch nur drei Songs«, sage ich.

»Das haltet ihr schon aus«, brüllt Ben, weil für ihn kein Mikro aufzutreiben war.

»Und danach legt Ralf auf«, füge ich hinzu. Jetzt jubeln die Studentinnen. Na toll.

»Charlie came all the way from New Jersey«, ruft Ben und spielt ein kleines Lick auf der Gitarre.

»Genau wie dieser Song.« Ich zähle ein: »One, two ...« Im Augenwinkel sehe ich Bens Zahnfleischgrinsen. »One, two, three, four!«

Der Anfang von *Born to Run* fegt durch den Club, und obwohl einige der Kunststudenten sichtbar zweifeln, ob ihnen diese Musik gefallen soll, gerät der Laden in Bewegung. Vor der Bühne jedoch gähnt ein Loch, weil niemand nach vorne kommen will. Es ist Anna, die Lena an der Hand packt und die Lücke füllt. Ralf, der Guru in diesem Laden, stellt sich neben die beiden und wippt mit dem Oberkörper, woraufhin sich mehrere Studentinnen zu ihm gesellen. Der Song rauscht an uns vorbei. Wir schieben sofort *Born in the USA* hinterher. Ich hätte nicht gedacht, dass wir dieses vermaledeite Lied hinkriegen würden. Doch Ben hatte ein Video auf Youtube gefunden, in dem Arcade Fire den Song covern. Wir spielen die Version zwar dilettantisch nach, aber das scheint inzwischen niemanden mehr zu stören. Schon beim ersten Refrain singt der ganze Club mit, wir können sogar taktweise aussetzen, weil die Leute allein weitermachen. Ich drehe mich um. Charlie sitzt tiefenentspannt hinter dem Schlagzeug und hat die Augen geschlossen. Ich blicke wieder nach vorne, wo Anna in sich hinein grinst und – wer weiß – vielleicht schon ahnt, dass noch etwas passieren wird. Während ich überlege, was ich vor dem letzten Stück sagen soll, drängt mich Ben vom Mikro weg.

»Der nächste Song ist für Anna«, sagt er und nimmt mir die Entscheidung ab.

»Das stimmt«, stammele ich. Ben kommt erneut zum Mikro, um mit mir gemeinsam einzuzählen: »One, two! One, two, three, four!« Mir wird kurz schwarz vor Augen, doch meine Finger finden die Akkorde von selbst. Ben spielt über mein Geschrammel die Ohrwurmmelodie von *Dancing in the Dark*. Akkord um Akkord trommelt Charlie zuverlässig wie ein Uhrwerk. Ich hätte längst mit der Strophe beginnen müssen, doch ich stehe wie eine Steinsäule auf der Bühne. Nur mein rechter Arm bearbeitet monoton die Gitarre. Schließlich reicht es Ben. Er schnappt sich das

Mikrofon und fängt an zu singen. Währenddessen stehe ich konsterniert neben ihm und suche Halt in Annas Gesicht. Sie guckt verwirrt und fragt mich mit einer Geste, ob es mir gut geht. Ich zucke mit den Schultern und lasse die Gitarre los, die nun lose an mir in ihrem Gurt baumelt und ausschwenkt wie ein Pendel. Ich greife in die linke Hosentasche und spüre das Stück Metall. Kurz schließe ich die Augen und übernehme während der zweiten Strophe wieder das Mikro. Ralf sitzt bereits hinter dem DJ-Pult, klatscht aber weiter mit. Ben und ich singen den letzten Refrain gemeinsam: *You can't start a fire. You can't start a fire without a spark. This gun's for hire, even if you're just dancing in the dark.*

Ich stelle die Gitarre zur Seite und beginne, unbeholfen zu tanzen wie Bruce im Video mit Courtney Cox. Charlie und Ben spielen unbeirrt weiter. Der Laden johlt. Ben singt *Hey Baby!* ins Mikro, das Publikum antwortet sofort *Hey Baby!* Aus der Tanzbewegung heraus springe ich an den Bühnenrand. Mein Arm schnellt nach vorne. Direkt vor Annas Gesicht.

Irgendwann werde ich noch mal den Arm so ausstrecken wie jetzt. Dann solltest du lieber zupacken, hatte ich ihr vor ein paar Tagen gesagt.

Doch Anna zögert.

Ich halte ihr weiter den Arm entgegen und nicke ihr zu. *Komm hoch, Kleine, komm schon.*

Anna beißt sich auf die Unterlippe und greift zu. Ich hieve sie auf die Bühne, wo sie sofort in meinen bescheuerten Tanzstil einsteigt. Unsere Backen reiben aneinander, während ich ihr ins Ohr rufe: »Mann, wie ich dich liebe!«

»Ich liebe dich auch.«

»Was?«

»ICH LIEBE DICH AUCH.«

Ich schiebe meinen Körper zwischen Anna und das Publikum, greife in meine Hosentasche und nehme ihre Hand in meine.

»Anna Lehnert …«

»Was?«, ruft Anna.

»Pst.« Als sich meine Hand wieder von ihrer entfernt, steckt ein Ring mit einem ganz kleinen, einfachen Diamanten an ihrem Finger.

Als hätte jemand am Mischpult gedreht, wird die Musik um uns herum leiser.

»Tom … «, sagt Anna verwirrt.

»Anna, hör zu, es ist nicht nur der Ring.« Ich drücke ihr den alten Schlüssel mit dem verschnörkelten Bart in die Hand. »Unsere alte Matratze und eine Flasche Wein sind schon in der Wohnung am Park, wir können gleich da hin, wenn du magst, Ralf hat mir geholfen, damit wir sie kriegen, er ist eigentlich ganz in Ordnung, muss ich zugeben, ich weiß aber nicht, ob die Heizung geht, ich konnte noch nicht …«

»Stopp!«, ruft Anna.

Ich hole Luft.

Anna zieht mich zu sich. »Tom König?«

»Ja?«

»Ich will.«

Die Musik ist aus. Jubel. Ich höre Charlies Drumsticks auf den Boden fallen. Bens Gitarre klingt kurz nach. Ralf legt sofort einen Beat auf, der kaum zu uns durchdringt. Meine Nase ist tief in Annas Haar vergraben. Ich kann mir nun alles vorstellen. Kurz schweift mein Blick über die Köpfe der Kunststudentinnen hinweg. Ganz hinten, im Schatten der Bar, steht der Mann von der Farm. In seinem alten T-Shirt, mit seinen strubbeligen Haaren, sein Cappy steckt in der rechten hinteren Jeanstasche. Als hätte er seine Kinder an der Schule abgesetzt und wäre dann mit seinem weißen Geländewagen einmal um die Welt gefahren. Er bemerkt, dass ich ihn entdeckt habe, und reißt flüchtig den rechten Arm nach oben. Dann dreht er sich um, öffnet die Tür und tritt ins Zwielicht.

»Danke, Bruce«, sage ich.

»Was?«, fragt Anna und guckt auf.

Ich sehe zu ihr hinunter, und als ich wieder zum Ausgang blicke, ist die Stahltür ins Schloss gefallen. Bruce hat das Gebäude verlassen. Ich stehe hier. Anna in meinem Arm. »Hey, ich bin's, und ich will nur dich«, sage ich.

ENDE

Inhaltsverzeichnis

Ich danke:

Kristin. Für ihre Geduld, ihre Liebe
und die beiden Terrassen

Meiner Agentin Michaela Röll.
Für ihr hungriges Herz

Meinem Lektor Thomas Tebbe.
Für die neue Heimat

Jakob, Hannah, Annabel und Tobi.
Für die Schnapsidee

Timm, Michael und José.
Fürs Machenlassen

Chrissi, Mischa, Matti, Robbie, Gunnar und Frobi.
Für Charlie und Ben

Meinen Brüdern

Meiner Mutter

Meinem Vater

und natürlich: Bruuuce!

PIPER

Jörg Harlan Rohleder

Lokalhelden

Roman. 285 Seiten. Klappenbroschur

»Meine Geschichte beginnt, wie so viele andere Geschichten, an einem Samstagabend. Ich bin nicht mehr ganz nüchtern, aber so kann ich wenigstens erzählen, ohne mich allzu sehr zu schämen. Neben mir stehen Enni, der wie immer an seiner Magnum zieht, und natürlich mein Freund Wolle. Mit dabei sind auch die ganzen anderen Spacken, der Schädler und der Schelm, der gerade aus dem Knast entlassen wurde. Wo die Million geblieben ist, die er mit der Dealerei verdient haben soll, und was mit Anna und Natja lief, davon wird hier auch die Rede sein. Und wer ich bin? Ich bin ein fabelhafter Lügner, Anstifter und Mitläufer, der Schmall, der kleinste gemeinsame Nenner all dieser mehr oder minder bemitleidenswerten Kameraden. Auch nur ein Kind der dämlichen Neunzigerjahre.«

01/1898/01/R

PIPER

Rocko Schamoni

Tag der geschlossenen Tür

Roman. 270 Seiten. Klappenbroschur

Unbeirrt treibt Michael Sonntag durch seine Tage, sein Körper zeigt erste Gebrauchsspuren, und die großen Gedanken machen gewöhnlich einen Bogen um ihn. Entgegen der Erwartungen, die seine Umwelt an ihn stellt, verweigert Sonntag gern jede daseinserhaltende Tätigkeit. Nur seinem Freund Novak gelingt es hin und wieder, ihn mit hirnrissigen Geschäftsideen aus der Reserve zu locken. Und natürlich Marion Vossreuther, der Servicekraft aus dem Handy-Laden, die einen ganz eigenen Reiz auf ihn ausübt. Entschlossen geht Rocko Schamonis Held Michael Sonntag den Erfordernissen des Lebens aus dem Weg. Und dabei fordert der Irrsinn unserer Existenz seine Unerschrockenheit und seinen Witz öfter heraus, als ihm lieb sein kann.

»Große Unterhaltung mit Seitenhieben auf bürgerliche Angepasstheit.« Die Welt

01/1924/01/R